AF456465

ROMANS POPULAIRES A 20 CENTIMES

RICHARD MANOIR

Bonne Amie

PARIS, 5, rue Bayard, PARIS

ROMANS A 20 CENTIMES

Il paraît un Roman complet chaque Mois donnant, comme texte, la valeur d'un volume à 3 fr. 50.

CHAQUE VOLUME : 20 CENTIMES
port, ***5 centimes*** *pour chacun des* ***10*** *premiers romans.*

A PARTIR DU N° 11, PORT POUR CHAQUE VOLUME : 10 CENTIMES

Pour recevoir chaque volume dès son apparition, on peut prendre un abonnement annuel de **3 francs** *pour la France, l'Algérie et la Tunisie,* **3 fr. 50** *pour les autes Colonies françaises et l'Étranger.*

Des conditions exceptionnelles sont faites pour les abonnements par quantités. Les demander à nos Bureaux.

ROMANS PARUS

1. — L'Homme debout, par Roger Dombre.
2. — Les Chasseurs du Roi, par Gustave Hue.
3. — Abandonnée, par Eva Jouan. *(épuisé)*
4. — L'Héritier des ducs de Sailles, M. Delly. (épuisé)
5. — Solange de Morthone, par C. d'Othe. *(épuisé)*
6. — Fleur de Genêt, par G.-M. Rousseau.
7. — Balarin pharmacien, par R. Manoir.
8. — Le Capitaine Rex, par R. Duguet et G. Thierry.
9. — L'Ermite du Saint-Gothard, par O' Betnor.
10. — Autour de l'Aigle, par M. Cassabois.
11. — Misérable, par Richard Manoir.
12. — Sans boussole, par Lucien Darville.
13. — Les Enfants de Clairette, par P. du Chateau.
14. — Favori de Prince, par Jean de Loussot.
15. — Après l'épreuve, par Mme Charles Péronnet.
16. — Les deux fraternités, par M. Delly.
17. — Femme d'officier, par P. du Chateau.
18. — Tout naturel, par Hélène Jean Babin.
19. — Fatal Boulet, par Lucien Darville.
20. — Bonne Amie, par Richard Manoir.

(Les numéros épuisés ne seront pas réédités)

5, RUE BAYARD, PARIS, ET DANS TOUTES LES GARES

BONNE AMIE

I

— C'est aujourd'hui qu'elle arrive, la demoiselle?..... Dis, petit père?

« Petit père », un gros monsieur court, à la moustache noire, aux yeux bombés par la myopie, luisant derrière un binocle à monture d'or, était absorbé par la lecture de son journal.

C'était un homme d'environ quarante ans, au front découvert, aux traits énergiques, mais dont la physionomie saisissait par le contraste des expressions qu'elle reflétait.

Si dans le regard se lisait une profonde tristesse qui eût pu inspirer une certaine sympathie, la courbe anguleuse des lèvres trahissait le dépit, la rancune, un sourd ressentiment prêt à éclater à la première occasion.

De fait, il n'était pas toujours d'humeur commode, « petit père ».

Veuf depuis trois mois, resté seul avec un enfant en bas âge, ce lui était d'abord d'un grand souci.

Outre cela, la veste qu'il avait remportée aux dernières élections législatives, bien que de dimension respectable, ne lui allait décidément pas, et il ne pouvait se résigner à l'endosser.

Quand on pense!.....

Lui, Leverby, dont le nom avait, pendant plus de trois mois qu'avait duré la période électorale, sonné comme un coup de clairon d'un bout à l'autre de l'arrondissement!

Lui qui avait parcouru toutes les routes, visité tous les villages, embrassé avec effusion tous les marmots, crottés et morveux, qu'il avait rencontrés, caressé les chiens et félicité les ménagères sur leurs gorets et leurs lapins!.....

Lui qui, héroïquement, avait avalé toutes les affreuses piquettes de tous les débits, en promettant monts et merveilles : lignes de chemin de fer faisant les plus fantaisistes méandres pour avantager certaines communes ; ponts, quand il y avait un semblant de rivière ; lavoirs, quand c'était un village où il fallait compter avec l'élément féminin ; subsides pour ceci, pour cela, au gré de chacun, places de douaniers, de gardes forestiers, etc. !

Enfin, comme si tout lui eût appartenu et qu'il en eût été le grand dispensateur, il avait tout promis, d'un petit air entendu et suffisant qui en avait fait l'homme du jour, l'homme capable entre tous, le seul, que tout citoyen soucieux du bien-être et de la prospérité des villes et des campagnes pût élire.

Lui qui avait frappé amicalement sur l'abdomen redondant des gros maires et leur avait parlé d'un bout de ruban pour leur boutonnière!.....

Enfin, lui qui, lui que, lui dont..... lui Verby! — le cri populaire avait supprimé le *Le ;* quand on criait : « Vive Verby! » cela portait plus loin, semblait-il — lui Verby, le grand Verby, qui avait trouvé la salle des mairies archicomble, lors de ses conférences, et qui avait parlé au milieu des applaudissements et des acclamations!

Lui dont la seule vue soulevait les clameurs nourries de « A bas la calotte! A bas la réaction! Vivent les blocards! A bas les frocards!..... »

Lui, si sûr du triomphe, avait été blackboulé dans les grands prix.

Eh ! oui. Ni sa bouche en cœur ni son sourire mielleux n'avaient pu réunir les suffrages, et, piteusement, il était resté sur le carreau.

Ç'avait été un lamentable effondrement.

Avoir compté sur 2 000 voix de majorité et voir la réaction triompher avec 500 suffrages de plus !..... C'était à ne rien y comprendre.....

— Dis, petit père, répéta le garçonnet, est-ce aujourd'hui?

— Aujourd'hui quoi? fit machinalement M. Leverby, sans abandonner sa lecture, qui paraissait l'intéresser tout particulièrement.

— Mais, fit l'enfant, surpris de l'indifférence de son père, mais, que la demoiselle vient, tiens !

— Je t'ai déjà dit que oui, voyons! Vas-tu me bassiner de la sorte jusqu'à ce qu'elle soit là? Tu es donc bien pressé de la voir arriver?

— Ah! sûr que non! s'exclama le petit sur un ton de conviction profonde. Si elle veut jouer avec moi, oui, et me raconter de belles histoires, et me chanter de belles chansons, et être toujours contente, et me montrer des images..... Mais elle ne me donnera pas de leçons, hein, dis, petit père?

L'enfant s'était animé, et ses grands yeux bruns brillaient de cet éclat humide qui, chez les tout petits, décèle une vie trop intense, une de ces vies de fièvre que l'on doit ménager.

Le père eut un mouvement d'impatience, et, les sourcils froncés, les yeux toujours sur le journal :

— Non, non, ne t'inquiète pas, fit-il distraitement, la pensée ailleurs, ne t'inquiète pas, et laisse-moi lire, veux-tu?

Mais cela ne faisait pas l'affaire de l'enfant.

Clémence, la cuisinière, lui avait dit la veille, en le mettant au lit, que la demoiselle aurait des lunettes, de grands yeux gris et un long nez ; et que, s'il faisait encore des nœuds aux lacets de ses bottines — ce qui lui arrivait souvent, — elle le forcerait bien à dormir tout chaussé.

— Oui, oui, avait-elle ajouté, tandis que de ses gros doigts un peu raides elle essayait de venir à bout d'un nœud tout à fait inédit que le petit inaugurait ce soir-là, oui, c'est pas elle non plus, je vous en réponds, qui courra après vous tout autour de la chambre quand vous vous enfuyez. Ah! non, pour sûr! Elle *sifflera* la bougie, sans plus, et vous laissera tout seul dans le noir.

— Elle ne me chantera pas, alors? avait-il demandé la voix tremblante, une inquiétude au fond de ses grands yeux anxieux.

— Chanter?..... Ah! elle est bonne, celle-là!..... Les demoiselles, si vous pensez que ça chante pour endormir les gosses! Ah! ben, là!..... Ça lit, ça écrit, et quand ça chante, dame, c'est au *piaillno* où ça joue des *irtournelles*. Les demoiselles, voyez-vous, ça ne chante que de l'*opéra*, avait-elle fait, convaincue. Qu'j'en peux, moi, si vot' papa veut une institutrice pour vous? C'est pas ma faute. J'avions ma nièce qu'arot ben fait l'affaire ; v'là une p'tiote qui v's'arot chanté et j'te chante, et couru, et j'te cours! Et qu'elle sait faire des cocottes, qui faut voir, et des lapins sur le mur, et cor de belles choses ! Oh ! mais là, c'est pas pour dire, mon fi !

Et la grosse Clémence avait claqué la langue en signe d'admiration, tandis que l'enfant, dans la somnolence qui précède le sommeil, voyait toutes les cocottes de papier qu'aurait faites la nièce de Clémence se poser irrévérencieusement sur les branches d'une paire de lunettes qui abritaient de grands yeux gris.

— Quand, dis, qu'elle vient? insista-t-il, l'être frémissant, à l'idée de cette étrangère à laquelle il allait être confié et brûlant de faire une foule de questions la concernant. Quand, dis, petit père? puis tu liras après.

D'un mouvement un peu volontaire, il avait écarté le grand journal et s'était hissé à califourchon sur le genou de son père, en s'agrippant aux revers de son veston.

II

M. Leverby, dans l'impossibilité de continuer sa lecture, laissa tomber le journal au milieu des quilles et des dominos que son fils avait dispersés sur le tapis, et, entourant l'enfant de ses deux mains :

— Eh! que veux-tu savoir, mon chéri? demanda-t-il, plongeant son regard dans les grands yeux qui se fixaient interrogateurs et anxieux sur lui.

— Mais, quand la demoiselle vient?

— Elle ne doit plus tarder. Si tante Madeleine lui a bien donné toutes ses instructions, elle arrivera par le courrier de 3 heures.

— Es-tu content? demanda-t-il après un moment.

Un peu sérieux, les sourcils légèrement froncés, comme sous l'effort d'une pensée obsédante, l'enfant, qui d'un mouvement rythmique imitait le galop sur le genou que M. Leverby agitait machinalement, hocha la tête.

— Ah ! non, que je ne suis pas content, petit père, fit-il, une grande amertume au fond de la voix, et c'est très vilain à tante Madeleine de m'envoyer une demoiselle.

— Parce que les demoiselles, c'est méchant, très méchant, petit père! confia-t-il avec une grande tristesse.

— Et pourquoi cela ? questionna, amusé, M. Leverby.

Et comme M. Leverby souriait :

— Tu ne sais pas, mais moi je sais, vois-tu, oui, je sais.

Puis d'une haleine, résumant à sa manière les dires de Clémence :

— J'aime pas les yeux gris, ni les lunettes ; je ne veux pas rester tout seul dans le noir quand on *sifflera* la bougie, je ne veux pas dormir avec mes bottines. J'aime les cocottes, et encore les lapins sur le mur, et encore toutes sortes, fit-il, s'exaspérant par degrés, et galopant de plus belle sur le genou de son père.

Ne comprenant rien à cet amalgame incohérent de choses disparates que son fils énonçait ainsi pêle-mêle, dans le plus complet désarroi, M. Leverby écoutait ces divagations avec une sorte d'ahurissement.

— Oui, oui, continua le pauvre petit, tout l'être vibrant, ses grands yeux expressifs fixés sur ceux de son père, ses petits talons lui battant une charge désordonnée sur le jarret ; j'aime qu'on me chante et qu'on me conte des histoires, et je veux pas de l'*opéra*, moi, et..... et..... fit-il suffoqué, et..... Clémence a dit..... Clémence a dit..... hoqueta-t-il.

Et son petit cœur débordant de tout le chagrin qu'il avait refoulé jusque-là, il éclata en sanglots.

M. Leverby, le sourcil froncé, une rancune au cœur contre cette Clémence, dont les paroles inconsidérées bouleversaient ainsi son fils, profondément ému de cette crise qui secouait douloureusement ce petit être impressionnable, serra affectueusement l'enfant contre sa poitrine, et la joue appuyée sur son front brûlant :

— Voyons, voyons, que t'a dit Clémence, mon chéri ?

— Oh ! tout..... tout cela ! jeta-t-il éperdu entre deux reprises d'haleine, tandis que de la main il faisait un grand geste ramasseur, comme pour mettre en tas tout ce cauchemar qui l'angoissait.

— Clémence ne sait pas ce qu'elle dit, fit d'un ton berceur, plein de protection enveloppante, M. Leverby, Clémence ne sait rien du tout, mon chéri.

Et tirant son mouchoir, il tamponna en caresse le visage inondé de larmes du pauvre petit.

— Ne pleure plus, tu sais bien que cela fait de la peine

à petit père. Clémence a voulu te faire peur, elle n'a jamais vu la demoiselle, et elle ne sait pas si elle a des yeux gris et des lunettes.....

— Alors c'est pas vrai, ce qu'elle a dit, Clémence? demanda l'enfant subitement rasséréné, et la demoiselle jouera avec moi et elle me fera des cocottes?.....

— Mais je pense bien, mais pourquoi pas? dit le père très peu convaincu, et n'osant trop affirmer, car il ignorait absolument les dispositions et les aptitudes de celle que sa belle-sœur lui annonçait par quelques lignes reçues le matin même. Sans doute, Clémence ne savait rien, mais lui, que savait-il?

— Elle me chantera, dis?.....

— Je crois que oui.

— Aussi bien que « tite mère »?

M. Leverby regarda son fils avec une expression de douleur et de tendresse profonde, deux larmes perlèrent dans ses gros yeux bombés, et, étreignant l'enfant comme s'il craignait que la morte vînt le lui ravir :

— Tu penses donc beaucoup à « tite mère » ? demanda-t-il inquiet.

— Oh ! s'exclama tristement le pauvre petit, un sourire indéfinissable entr'ouvrant ses lèvres.

Et, le regard au loin, comme s'il mesurait la distance qui le séparait de cette « tite mère » dont l'on ne parlait plus qu'avec des larmes dans les yeux:

— C'est tout triste ici depuis que « tite mère » est partie, ajouta-t-il, étendant les bras comme pour embrasser ce grand vide qui s'était fait tout à coup autour de lui, et je voudrais bien revoir « tite mère », fit-il pensif, quelque chose de vieux lui traversant le regard.

« C'est tout triste ici! »

Et cependant un gai soleil entrant à flot par les larges fenêtres, ouvrant sur le jardin, baignait de sa lumière d'or la vaste pièce, mettant des rayons dans les bronzes et des étincelles dans les cristaux. Un large tilleul argenté de fleurs envoyait son parfum, et de ses branches que la brise agitait mollement un gai pépiement s'élevait.

Ce n'était donc bien que dans le cœur de ce tout petit, qu'il faisait « tout triste » en ce moment.

III

M. Leverby s'était marié aux approches de la trentaine.

A cette époque, il était sous-préfet dans une morne petite ville de province, aux rues gazonnées, où l'ennui soufflait des bémols et des dièzes plaintifs aux serrures des maisons sournoisement closes.

Souvent il lui arrivait, pour échapper à cette ambiance, qu'il jugeait déprimante, de faire une fugue à Paris, et c'est au cours d'une de ces fugues qu'il avait rencontré dans un salon ami la gracieuse Simone Rambertin.

Jolie, d'une de ces beautés délicates et frêles qui sont un charme par ce qu'elles ont de fragile, Simone n'avait que dix-huit ans.

Très enfant dans l'étonnement de son regard et la confiance de son sourire, elle fit impression sur le sceptique déjà blasé qu'était Pierre Leverby, et lui, qui jusqu'ici avait raillé tout sentiment, se découvrit soudain des aptitudes à fonder un foyer.

— Ce n'est pas pour vous, mauvais sujet, lui avait malicieusement glissé une aimable vieille grand'mère, qui avait saisi le regard dont Leverby enveloppait la jeune fille. Il ne manquerait plus vraiment, espèce de loup-garou, que vous veniez ainsi cueillir une de nos jolies petites fleurs parisiennes pour la transplanter dans votre trou aux ronces et aux orties. Par ici..... par ici la sortie, vilain mécréant, avait-elle ajouté avec un léger ricanement.

Le « vilain mécréant », suivant la direction des yeux moqueurs qui se glissaient en coulisse vers un groupe voisin, y découvrit, très entourée d'habits noirs, Sarah Lehmann, veuve un peu mûre du gros banquier, qui, outrageusement décolletée dans une toilette voyante du plus mauvais goût, s'amusait énormément, faut-il croire, car son rire bruyant arrivait jusqu'à lui.

Il y avait de l'ortie et de la ronce chez cette femme, son regard brûlait, et l'on sentait qu'elle pouvait, souple et enlaçante, accrocher au passage et déchirer cruellement.

— Elle ferait effectivement bien dans mon trou, souffla Leverby, qui avait aussitôt établi la comparaison, mais les ronces fleurissent, chez moi, Madame, et celle-ci n'est qu'une ronce artificielle ; or, je n'ai pas de bien à clôturer, et, ajouta-t-il après un moment de réflexion, mes vieux châteaux historiques ne sont qu'en Espagne.

L'ambition de Sarah Lehmann, qui jusqu'ici n'avait été un mystère pour personne, était de jouer un jour à la châtelaine dans un vrai château dont elle porterait le titre, et de pouvoir dire: mes terres et mes bois.

Or, Leverby, tout en jouissant d'une très large aisance, ne pouvait rien lui offrir de tout cela.

Il avait un moment tourné autour de la veuve et l'on disait tout bas qu'elle regrettait de l'avoir éconduit.

— Méchant!..... et vos charmes donc!..... Vous ne savez donc pas que l'on vous prendrait pour vos seuls charmes, à l'heure qu'il est, et que l'on ferait de vous un ministre. C'est qu'elle s'y connaît, voyez-vous, en valeur de portefeuille, reprit sa voisine, en veine de taquinerie ce soir-là.

— Vous me rendez confus, Madame, avait répliqué Leverby, en imitant avec aplomb la joie naïve d'un collégien qui friserait sa première moustache, confus, vraiment confus, répéta-t-il, mais ces charmes que vous vous plaisez à me reconnaître, ne pourraient-ils, que vous en semble, fixer l'attention de cette petite..... je crois que c'est « petite fleur parisienne » que vous avez dit.

Et Pierre Leverby, dont le sourire découvrait dans l'écartement de ses moustaches très noires de jolies dents très blanches, eut un mouvement de tête si suffisant que son interlocutrice éclata d'un joli rire perlé qui la rajeunissait de trente ans.

En vrai, il n'était pas mal, Pierre Leverby. Le teint mat, bleuté aux joues par le rasoir, les yeux pétillant d'une douce malice derrière les verres de son binocle qui en avivaient l'éclat, le front haut, les cheveux abondants, il était de ceux que l'on aime à voir.

Mais impitoyable, l'autre, à qui tout semblait permis, reprit:

— Ma jolie petite fleur parisienne, mon cher ami, sera dans tout son épanouissement alors que vous ne serez plus qu'un vieux barbon ; n'y pensez plus, croyez-moi.

Mais Pierre Leverby était un homme qui se piquait au jeu, et il s'était informé.

Simone était orpheline; depuis six mois elle avait quitté le Sacré-Cœur où elle avait terminé son éducation, et elle était venue rejoindre sa sœur Madeleine, de deux ans plus âgée qu'elle, chez leur oncle et tuteur, le bon Dr Rambertin.

Le Dr Rambertin n'était pas un inconnu pour M. Leverby, qui, à plusieurs reprises, l'avait autrefois rencontré chez des amis. Mais il y avait des années de cela, le docteur s'étant jeté dans la science, et ses recherches et ses études absorbant maintenant tous ses instants.

Si, à la mort de son frère et de sa belle-sœur, il avait pris la charge des deux enfants, c'est qu'il n'avait pu faire autrement, les pauvres petites n'ayant que lui. Mais il les avait laissées le plus tard possible au couvent, et maintenant il faisait des vœux pour en être débarrassé par un bon mariage.

Pour faciliter la chose, il les avait engagées à voir un peu le monde, en compagnie d'une amie de leur mère, respectable chaperon d'une cinquantaine d'années, qui, l'œil au guet, cherchait très sérieusement à dépister les princes charmants.

Elle avait réussi à pourvoir Madeleine, qui avant peu s'appellerait Mme Peyras; resterait alors Simone, qui, sa sœur partie, serait bien seule dans la grande maison.

Instruit de tout cela, Leverby s'était présenté.

Bon, comme tous ceux qui s'absorbent et traversent la vie en distraits, le docteur l'avait accueilli avec un enthousiasme naïf, sans s'informer ni du caractère, ni des tendances, ni de la religion de ce monsieur, qui, à son avis, arrivait si à propos.

Simone, dont le cœur tout neuf ne demandait qu'à aimer, fut ravie de devenir Mme Leverby, et le mariage des deux sœurs fut célébré le même jour.

— La petite Simone sous-préfète!...... Mais c'est charmant, charmant! se disait le bon Dr Rambertin.

Ce qui était charmant surtout, c'est que le docteur, enfin libre, pourrait maintenant vivre à l'institut bactériologique, ce qu'il rêvait depuis longtemps.

IV

Pour autant que le bonheur consiste dans les satisfaction, que peut procurer une large aisance, dans les mille prévenances d'un mari bien attentionné, Simone eût pu se dire heureuse dans toute l'acception du mot.

Pierre Leverby adorait sa femme. Mais le mariage, tout en le régénérant au point de vue des sentiments, n'avait pas détruit le vieil homme ; il y avait toujours en lui cette pointe de scepticisme qui glace, cette nuance matérialiste qui déconcerte, et la petite fleur parisienne frissonnait parfois au passage de ce souffle un peu froid, contre lequel elle ne s'était pas aguerrie.

— Je le convertirai, s'était-elle dit au commencement.

C'est une idée généreuse qui germe dans toute âme pieuse, et que tout cœur dont les illusions n'ont encore subi aucune atteinte croit très réalisable, et elle avait essayé.

Au début, il l'avait laissée dire, il avait même aimé à la piquer au jeu, s'amusant à la voir dans ses pieuses polémiques développer des thèses qu'il ne voulait pas comprendre, et parler de mystères auxquels il ne voulait pas croire. Pour ne pas trop la contrister, il l'avait accompagnée à la messe du dimanche, puis des amis étaient intervenus, lui faisant observer que le clan radical comptait sur lui, que de sa sous-préfecture il devait se faire un tremplin pour atteindre à une situation plus en rapport avec ses aptitudes, et peu à peu la politique l'avait pris.

La naissance d'André, si elle avait causé une joie mélangée de fierté à Leverby qui rêvait d'avoir un fils, avait été une grande consolation pour la jeune femme.

Dans l'épanouissement de sa jeune maternité, elle savoura cette joie de veiller sur un berceau, d'épier un réveil, de cueillir un sourire.

Elle voulut être tout pour lui, et les premières années du petit, avec ses étapes touchantes des premiers bégaiements, des mots indistincts, des premiers pas, furent pour elle comme un long ravissement.

Plus tard, quand les grands yeux bruns, si semblables aux siens, se portèrent sur toutes choses, et que l'enfant voulut savoir, elle l'enseigna avec cette méthode touchante dont les mères ont le secret. Sans cette suite, cet ordre que veut la pédagogie, elle suivait, au cours des jours, des heures, au hasard des moments, le développement de cette jeune intelligence, répondant à tout, ne laissant pas de ces vides qui rendent parfois les enfants si pensifs.

Pour André, « tite mère » savait tout, et cela lui était bien doux, à ce cher petit ; cette science de « tite mère » le reposait, et quand, appuyé sur son cœur, il disait ses prières, il sentait que le bon Dieu, dont « tite mère » lui parlait avec tant d'amour, était tout près de lui.

Simone avait communiqué sa foi à son enfant.

Pierre Leverby se gardait bien d'intervenir; pour rien au monde il n'eût voulu qu'il en fût autrement. Sa mère à lui lui avait aussi enseigné à aimer et à prier Dieu, la vie l'avait changé. Qu'est-ce que la vie ferait d'André ? Peu importait, mais il trouvait bon que les premières années de son enfant fussent ce qu'avaient été les siennes, nourries de cet idéal vers lequel on aime à se retourner parfois.

Simone se sentit alors vraiment heureuse.

Peu au courant des questions politiques, elle ne se rendait pas compte du rôle que son mari jouait dans l'arrondissement de Monty, où un an après leur mariage ils s'étaient installés. Sa vie s'écoulait très douce, elle souriait à l'avenir, quand un mal que rien ne peut enrayer l'abattit.

Tout fut tenté pour reculer le terme fatal ; la science épuisa sur elle toutes ses ressources. Leverby, désespéré, fit avec elle les stations balnéaires les plus en renom, tenta du soleil du Midi, des hauteurs glacées de la Suisse, de l'air salin des côtes; rien n'y fit, et au retour d'un assez long séjour à Plombières, la pauvre femme avait dû s'aliter.

Alors ç'avaient été les longs jours tristes, les nuits plus tristes encore, dans l'attente de cette visiteuse que nulle puissance humaine ne peut éloigner.

Et ce fut par un clair matin de printemps, tandis qu'André dormait encore, que Simone, réconfortée par les sacrements de l'Eglise, s'éteignit, la prière aux lèvres, sous les yeux du pauvre Pierre Leverby dont le cœur défaillait.

Cette mort le frappait cruellement. Survenant ainsi peu de temps après son échec électoral, elle lui faisait éprouver plus vivement cette sensation d'abandon qui l'étreignait à certains moments.

Puis les semaines s'étaient écoulées, mais le vide que Simone laissait au foyer semblait d'autant plus grand, que l'enfant ne cessait de réclamer sa « tite mère », qu'on lui disait partie pour un long voyage.

— Alors elle reviendra, disait-il, et je puis l'attendre ?

Mais l'attente était longue, et le pauvre petit se décourageait.

V

André n'avait que cinq ans. Jusqu'ici choyé par sa mère, qui, avertie sans doute par un secret instinct qu'il ne lui était accordé que peu de temps pour chérir son fils ici-bas, lui avait témoigné une tendresse excessive; aimé par son père à la façon de ces choses fragiles que l'on craint de voir se flétrir, il était très avancé pour son âge.

Doué d'une imagination vive, impressionnable à l'excès, très prompt à s'alarmer, s'exaspérant pour un rien, André n'était pas sans inspirer parfois de sérieuses inquiétudes à M. Leverby.

Tant que la mère avait vécu, entourant l'enfant de sa douceur, de sa sollicitude, parlant à son intelligence et à son cœur un langage qu'il comprenait, s'adaptant à lui en quelque sorte, et lui évitant les chocs pouvant heurter sa sensibilité, le père ne s'était pas rendu compte des difficultés.

Maintenant qu'elle n'était plus, et que le pauvre petit lui était abandonné, il devait s'avouer incompétent.

Tout chez André le déconcertait. Il ne comprenait ni ses joies folles ni ses grands chagrins, répondait à tort et à travers à ses questions auxquelles la plupart du temps il n'entendait rien, et provoquait des crises de désespoir qu'il ne parvenait que difficilement à calmer.

L'enfant alors abattu restait plongé dans un morne assoupissement qui n'était pas le sommeil; ses yeux mi-clos, sous ses longs cils baissés, paraissaient suivre une vision lointaine, et, aux tressaillements qui agitaient le petit être, Pierre Leverby n'avait aucun doute que ce fût la pauvre « tite mère » que son fils regardait ainsi.

Clémence, la cuisinière, qui, depuis la mort de Mme Leverby, s'était chargée de l'enfant, faisait de son mieux, mais le mieux de Clémence laissait, certes, beaucoup à désirer.

Très bonne fille, toute dévouée à son maître qu'elle servait depuis de nombreuses années, elle raffolait d'André qu'elle avait vu naître, et mettait tout son cœur dans les soins qu'elle lui donnait. Mais elle s'en tenait là; du moment qu'elle ne le laissait manquer de rien, c'était à son avis plus que suffisant; tout le reste, à son dire, étaient *des manières*, et *les manières* n'étaient pas dans les cordes de la grosse Clémence, qui, ronde en tout, aimait à simplifier les choses.

— Ah! si vous pensez qu'on z'a le temps de faire des grimaces, répétait-elle à tout propos; nous qu'étions dix chez nous, si vous croyez qu'on z'en a cherché si long! par quel bout qu'on z'aurait commencé donc?..... Avec ça que nous étions tous gros et gras! C'est pas pour dire, mais on profitait, à preuve qu'on n'étions jamais malade, et c'est pas qu'on nous ait mis dans du coton, là! Not' pauv' mère — que Dieu lui fasse paix! — était une rude femme, quand elle disait « petit..... petit..... », c'était à ses poules parce qu'elles donnaient des œufs, nous, elle nous faisait marcher, et fallait pas broncher.

En somme, André était pour ainsi dire livré à lui-même avec son gros chagrin, et M. Leverby, bien qu'à son corps défendant, avait dû accepter l'aide d'une personne sûre, qui remplacerait auprès de l'enfant celle qui n'était plus.

Longtemps il avait résisté, mais le Dr Chaumet, un de ses amis, s'était montré pressant.

— Le système nerveux est profondément ébranlé, avait-il déclaré, il y a exagération des réflexes, l'enfant est comme une corde trop tendue qui peut craquer un de ces quatre matins.

— Et le traitement? avait demandé Leverby anxieux.

Le docteur avait haussé les épaules.

— Les bains, les douches, les frictions, le grand air, la distraction, avait-il énuméré du bout des lèvres.

Puis après un moment de réflexion:

— Et pour ce traitement, qui doit être de toutes les heures, de tous les instants, il faudrait une personne dévouée qui se consacrât exclusivement à lui, avait-il ajouté.

— Diable, c'est une fâcheuse complication, ça! avait murmuré Leverby.

— Prends-en ce que tu veux, mon ami, mais c'est mon avis.

C'était aussi l'avis de certains membres de la famille; le Dr Rambertin, s'arrachant pour un moment à ses expériences, lui avait écrit longuement à ce sujet, et enfin la tante Madeleine, femme très pratique, s'était immédiatement mise en campagne, résolue à trouver la personne remplissant toutes les conditions requises.

Elles étaient multiples, ces conditions, et Mme Peyras, tout bien considéré, dut s'avouer que la tâche n'était pas facile.

En effet, il ne fallait pas songer à donner une bonne à André; l'enfant, avec son sens déjà trop affiné, ne se fût pas accommodé d'une personne vulgaire ; d'un autre côté, pouvait-on le mettre dans les mains d'une institutrice, ce pauvre petit qui n'avait que cinq ans ?

Il fallait un mélange harmonieux des deux, c'est-à-dire des bras berceurs et une intelligence cultivée, ce qui en un mot constitue la mère, mais les mères ne se trouvent pas ainsi pour les petits orphelins.

Enfin, après un mois de recherches, Mme Peyras, qui s'était décidée pour une institutrice, trouva celle qui répondait le mieux à la situation, et c'était cette institutrice qui, d'un moment à l'autre, allait arriver.

* * * * * * * * * * * * * * * * * * * *

Sans doute, M. Leverby pouvait se fier au choix de sa belle-sœur. Mme Peyras ne faisait jamais rien à la légère. Il était sûr qu'elle avait pris toutes ses informations et exigé les plus sérieuses références. Elle y aurait mis tout son cœur, la bonne tante Madeleine, car il s'agissait d'André qu'elle chérissait, mais..... il y avait un *mais*.

Mme Peyras avait des idées que ne partageait pas M. Leverby ; il la savait intransigeante sur certains points, et bien qu'il lui eût dit : « Ah ! ça, pas de bigote. Je ne veux pas chez moi de cette engeance qui ne sait que marmotter des patenôtres du matin au soir », et qu'avec un sourire un peu moqueur elle lui eût assuré qu'il n'avait rien à craindre, il n'était pas tout à fait rassuré.

Enfin, il verrait bien, s'était-il dit, comme en se secouant; et, comme après tout, il était le maître, il irait bien mal qu'il n'eût pas en cela le dernier mot.

Non, vrai, une institutrice serait déjà un meuble assez encombrant sans ce bagage de mômeries qu'amènerait chez lui une personne d'église, et il était résolu à être intraitable sur ce point.

Une institutrice! c'est-à-dire une personne avec qui il faudrait compter, que l'on ne peut reléguer à l'office et envers laquelle on est tenu à certains égards!....

Une idée de Madeleine, cela!....

Et à la pensée des yeux gris et des lunettes, il éprouva quelque chose du cauchemar qui hantait le petit André.

VI

La demie après 2 heures sonna à la pendule du salon.

Elle vibra lentement, cette demie, comme un point final, marquant le bas d'une page triste que jamais l'on ne pourra relire, le feuillet étant tourné.

André, épuisé par sa crise de larmes et brisé par les sanglots qui l'avaient secoué, s'était assoupi peu à peu et dormait maintenant, la tête appuyée sur la poitrine de son père.

Très doucement, avec ces précautions excessives et ces gestes malhabiles et gauches des personnes peu habituées au maniement des enfants, M. Leverby l'enlaça de ses bras pour l'étendre dans une position plus commode, se leva lentement, les yeux fixés sur le pauvre petit visage encore marbré de grandes plaques rouges, et, glissant le pas, pour éviter toute secousse, il se rendit à la chambre de l'enfant et le déposa sur son petit lit.

Au contact de l'oreiller, André ouvrit les yeux, regarda, sans voir, pendant quelques secondes, puis, poussant un long soupir que secouait un reste de sanglot, il se tourna de côté et se reprit à dormir profondément.

Comme dans le salon, le soleil éclairait la jolie chambre, y mettant une joie, mais les meubles clairs, les rideaux de guipure, les broderies du petit lit rappelaient trop la morte. Plus que partout ailleurs, Simone revivait dans cette chambre qu'elle avait ornée avec amour, et dans l'état d'esprit où se trouvait Pierre Leverby, cette joie qui entrait lui fit mal.

Il ferma les fenêtres, baissa les stores, afin d'établir un demi-jour, considéra longuement son fils, qui, dans cette ombre douce de repos, continuait à dormir, et, satisfait de ce bon sommeil qui réparait les forces de l'enfant, il descendit.

Obsédé par l'appréhension de cette arrivée prochaine, il erra un moment dans les différentes pièces du rez-de-chaussée, voulant, eût-on dit, faire part aux choses de l'ennui qu'il éprouvait, puis, énervé, il entra à la cuisine sous prétexte de recommander à Clémence d'avoir l'oreille au guet, pour répondre au premier appel, dans le cas où André viendrait à s'éveiller.

En réalité, il obéissait à un besoin de voir quelqu'un, d'entendre une parole quelle qu'elle fût.

— Ah! pour ça, si vous pensez qu'il cric tout bas le gamin, fit Clémence un peu bourrue, tout en continuant à étirer des torchons qu'elle avait fait sécher sur la haie du jardin, il se fera ben entendre, allez; c'est pas de ça qu'il faut être en peine, non là. Mais si c'est une idée vraiment de le faire dormir à une heure pareille, maugréa-t-elle en haussant les épaules dans un mouvement plein de sourde rancune, si c'est une idée! Ça vous aura amusé de le dodeliner, pour sûr, mais c'est ben trop *matin*, là, et ce sera cor toute une histoire pour le mettre au lit ce soir. Misère de nous! en faudra-t-il des contes et des chansons! On pourra bien ramasser toutes les fariboles qu'on sait.

Puis, après un moment, pendant lequel on eût dit qu'elle prenait le temps d'avaler quelque chose de très dur qui lui faisait mal:

— La belle que ce sera pas moi, pour le coup, fit-elle, la voix changée.

Et sans y prendre garde, ses petits yeux en trou de vrille se mouillèrent de grosses larmes qui allèrent se perdre dans son fichu.

— Mais, voilà, les *mam'zelles*, ça s'y connaît mieux, qu'on dit, c'est aussi une mode, à ce qu'il paraît, ajouta-t-elle en reniflant bruyamment.

M. Leverby ne s'attendait pas à ces larmes de la part de Clémence, qui, toujours bougonne, n'était pas d'ordinaire précisément la douceur même à l'égard d'André.

Le chagrin de la bonne fille le toucha cependant, car au fond du cœur il éprouvait aussi quelque chose de ce chagrin, fait d'une vague révolte, d'une vague indignation, à l'idée de cette étrangère qui allait pénétrer à son foyer.

— Eh mais! s'exclama la cuisinière avec ahurissement, voyant son maître prendre sa canne et son chapeau, c'est-y donc que vous allez sortir ? Et la demoiselle qui doit venir, fit-elle, les bras lui tombant en présence d'une telle preuve d'insouciance.

— Dame, cela ne l'empêche pas d'arriver, je suppose, fit M. Leverby avec un mouvement d'épaules, comme s'il eût voulu secouer cette institutrice, qui, dans son esprit, venait s'imposer chez lui. Je n'ai en somme rien à lui dire. Offrez-lui quelque chose et conduisez-la ensuite à sa chambre. Si André était éveillé, vous le lui présenteriez.

Et jugeant que ces recommandations étaient plus que suffisantes, il enfila un veston de sortie, accepta un léger coup de brosse que Clémence lui appliqua machinalement de-ci, de-là, au hasard, et sortit.

Les mains derrière le dos, tenant sa canne en travers, le chapeau sur les yeux, il allait à l'aventure, fuyant cette première entrevue, toujours un peu embarrassante, et ces petits détails d'arrivée et d'installation, dans lesquels il n'aurait vraiment su quel rôle jouer.

Une institutrice!..... Précisément ce genre de personne dont il avait eu le plus horreur jusqu'ici. En avait-il beaucoup connu ? Il n'eût pu le dire; probablement même n'en avait-il jamais rencontré, mais il se les représentait, soit outrageusement pédantes, imbues de leur mérite, fières de leur science, semblant faire une grâce en condescendant à partager la vie de famille, soit humbles, serviles et irritantes dans leur obséquiosité.

Celle-ci avait-elle son brevet? C'était à croire; Mme Peyras n'eût pas employé le terme d'institutrice s'il n'en eût pas été ainsi, et cela ne la rendait que plus redoutable, au jugement de M. Leverby.

Désirant ne faire aucune rencontre, dans les dispositions où il se trouvait, il avait quitté le village par un chemin de traverse, et marchait nerveusement pour user son ennui.

Quant à Clémence, étirant toujours ses torchons, elle était satisfaite, au fond, d'être seule à recevoir cette demoiselle qui venait ainsi, avec des airs de tout savoir, « tandis que sa nièce arot si ben fait l'affaire », jouer à la dame dans la maison.

— Ah ! c'est qu'elle vous allait tout de suite vous la mettre à la raison, cette espèce de grande duchesse qui, ben sûr, devait être incapable de faire œuvre de ses dix doigts, et à qui il faudrait allonger des *Mademoiselle*, et qu'il faudrait servir pardessus le marché!

Ah! ben oui, servir, qu'elle y compte!

Et Clémence eut un haut-le-corps qui en disait long sur ce que l'arrivante aurait à attendre de sa bonne volonté.

— Et qu'elle ne fasse pas pleurer l'André, sinon je fais le train, et l'on verra, conclut-elle.

D'un large coup de main, qui, pour ceux qui connaissaient

Clémence, était plein de menace, elle appliqua le dernier torchon sur les autres déjà empilés et les rangea dans le grand placard, puis se mit à préparer le dîner.

VII

Il était toujours assez compliqué, le dîner de Clémence. M. Leverby, fin gourmet et bonne fourchette, aimait les petits plats et ne dédaignait pas les grands, et Clémence, en cuisinière avisée, s'évertuait à flatter ses goûts.

Devant son grand fourneau, où, sur un feu ronflant, une série de casseroles de toutes les dimensions susurraient, grésillaient, chuchotaient, la bonne fille se trouvait vraiment dans son élément. Son ouïe exercée se rendait compte du degré de cuisson, son odorat subtil lui disait le moment où il fallait le petit filet d'eau ou de bouillon dans le coulis.

Avec elle tout marchait au doigt et à l'œil, sans la moindre hâte, sans le moindre affairement, et il y avait des années qu'il en était ainsi.

Ce jour-là, l'idée que l'étrangère aurait en bonne place, à la table de son maître, une part de tout cela, lui enlevait un peu de son entrain.

—Non mais, resterait-elle chez Leverby, si cette institutrice s'y installait?.....

Tout en humant d'un air entendu les effluves qui s'échappaient en ce moment d'une sauteuse, qu'elle avait mise à plein feu, Clémence songeait tristement:

— Félicité Blampain, la femme du charron qu'elle avait rencontrée sur l'heure de midi, tandis qu'elle s'en revenait de chez l'épicier, n'avait pas pris quatre chemins pour lui dire que la vie ne serait plus tenable avec une *gent* de cette espèce dans la maison.

— A preuve, avait-elle ajouté, que not' petite, qu'était *en condition* à Paris, chez des gens de la haute, puisqu'ils allaient tous les ans à la mer, n'a pu tenir quinze jours de plus, rapport à la Miss qu'est arrivée chez ses patrons pour la petite demoiselle.

Quand vous pensez qu'elle a défendu à l'enfant de parler à not' Marie-Josèphe. Pour sûr que *vot' demoiselle* en fera de même avec l'André, vous pouvez y compter.

Défendre à l'André de lui parler?..... Du coup, la pauvre Clémence en avait perdu le souffle.

Qu'avait-elle répondu à Félicité?.....

Elle n'eût pu le dire. Le soleil tapait un peu dur, une sorte de vertige l'avait saisie, et elle était rentrée *tout courant* dans la crainte de tomber là sur le chemin.

Maintenant, seule, dans sa vaste cuisine, où les casseroles causaient discrètement entre elles, elle réfléchissait, tout en arrosant avec sa longue cuiller le gros de veau qui rissolait dans le four, à ce qui lui en coûterait de s'en aller.

Car la grosse Clémence était bien chez elle dans cette maison, où elle avait ses habitudes et ses manies, où tout lui était familier, où les meubles eux-mêmes la traitaient en vieille connaissance.

C'était pour elle que la grande armoire du second faisait un petit « couic » d'oiseau quand elle allait prendre une nappe et des serviettes sur un de ses rayons; pour elle, que la troisième marche de l'escalier gémissait un peu; pour elle, que la porte du grand hall résistait parfois, semblant lui dire : Eh! donc, un peu plus de nerf, ma vieille !..... Pour elle aussi, que la pompe de la cour faisait un *hi han* qu'eût envié l'âne de saint Nicolas..... Avait-elle fait rire André avec ce *hi han!*.....

Clémence, sa longue cuiller à la main, se redressa ; elle eut un regard attendri pour les cuivres et les étains qui depuis tant d'années lui reflétaient son vieux visage, comme s'ils y mettaient une certaine complaisance; pour le placard à grands battants de chêne ; pour le buffet vitré où éclataient l'or d'un service empire et le sourire de jolies faïences fleuries.

De tout ce qu'elle avait frotté, astiqué, rangé, semblait tomber un reproche sur la pauvre Clémence.

Elle courba la tête, comme si ce reproche lui semblait très lourd, et, sans qu'elle y prît garde, ses yeux se fixèrent sur une encoche, au coin de la longue table.

C'était André qui l'avait faite, un jour qu'il s'était emparé du grand couteau à pain, et soudain, de cette encoche, s'éleva une plainte très douce, comme un tout petit sanglot.

Elle aimait André. Oui, elle l'aimait, ce pauvre petit de la pauvre Madame. André l'aimait aussi, *pour sûr*, bien qu'il se mît souvent en colère et la *désappelât* de bien vilains noms parfois; mais la fille de cette *rude* femme qui ne disait « petit petit » qu'à ses poules n'était pas très difficile, et les colères d'André, maintenant qu'elle se trouvait sur le point de le perdre, lui semblaient autant de témoignages d'affection.

Les yeux toujours fixés sur l'encoche qui lui disait tant de choses, Clémence eut comme un sursaut de tout l'être; son front se rida, obstiné, son regard se fit dur, et l'âme de la pauvre fille dut être bien noire en ce moment, car elle se complut dans la considération des multiples tracasseries qu'il était aisé de susciter pour décourager l'institutrice et la contraindre à retourner d'où elle venait.

A vrai dire, elle n'avait à son avis que l'embarras du choix, la bonne Clémence, et, un éclair de résolution venant sécher ses larmes, elle enleva la sauteuse, dont le contenu crépitait, et la glissa de côté.

— Juste comme il les aime, fit-elle, l'esprit du métier prenant enfin le dessus.

Et s'asseyant sur une chaise basse, près de la *grande* pierre d'évier, elle se mit, une *charpagne* à ses pieds, à éplucher sa salade.

VIII

Il était 3 heures lorsque la malle-poste parut à l'entrée du village.

C'était un village tout en long, s'étendant ainsi qu'un ruban l'espace de près d'un kilomètre; bois d'un côté, prés de l'autre, et la montée tout au bout, semblant rejoindre le ciel dans l'écartée des hauts peupliers.

Il suivait un ris peu profond, formé de multiples fontaines, et qui filait en glougloutant sur son lit de cailloux, jusqu'à ce qu'il tombât comme en un piège dans le bief qui faisait tourner le moulin.

Du ris, que l'on nommait la Chave, il avait pris le diminutif de Chavette.

Chavette, Chavette-Saint-Brice, comme on disait — saint Brice étant le patron de la paroisse, — avec sa petite église au clocher bulbeux, fièrement piquée au bord du chemin, et ses maisons blanches et roses coiffées de tuiles rouges, eût semblé, n'était le glouglou de son ruisseau et le frisson de ses peupliers grêles, un joli village fraîchement sorti d'une boîte de Nuremberg.

Quand la malle-poste traversait Chavette, il était rare qu'elle s'arrêtât, la population de Chavette, composée en grande partie de cultivateurs, n'ayant que très peu de rapports avec le dehors.

De sa cuisine, Clémence entendit le bruit bien connu des grelots.

Ses traits se renfrognèrent, elle lava vivement sa salade, la mit égoutter dans un petit panier de laiton, qu'elle suspendit au-dessus de l'évier, écarta ses casseroles du feu, afin d'éviter toute surprise, et, tirant la passe de son petit bonnet lorrain jusque sur ses sourcils, ce qui chez elle était l'indice des plus fâcheuses dispositions, elle s'approcha de la fenêtre.

Les lèvres rentrées, ses doigts roulant machinalement le coin de son tablier, elle attendit derrière les rideaux, les yeux fixés sur la grille du jardin, afin, sans être vue, de ne rien perdre des gestes et de l'attitude de celle qui arrivait.

— Ah ça! si elle croit que l'on va aller à sa rencontre, maugréa-t-elle avec un mouvement de tête, comme si elle allait encorner, ben là, elle peut se fouiller! C'est pas seulement d'aujourd'hui qu'on est au monde, heureusement, et on sait ce que l'on a à faire. Faudrait-y pas, vraiment, que tout paraisse en branle dans la maison parce que *ça* arrive?..... Misère de nous, c'est alors que *ça* se croirait quéque chose, du coup.

Ce *ça*, passant en sifflant entre les lèvres de Clémence, était si méprisant, qu'il semblait vouloir désigner moins que rien.

Enfin la malle-poste s'arrêta, et après quelques minutes, pendant lesquelles on entendit les *oh!* et les *ah!* du conducteur, essayant de maintenir ses bêtes, la grille tourna lentement sur ses gonds avec son petit bruit de rouille.

Clémence tenait à ce bruit de rouille, il y avait des années qu'il lui annonçait l'arrivée des visiteurs, ce qui lui donnait le temps de retourner son tablier et d'abaisser ses manches pour aller ouvrir la porte du vestibule.

Cette fois, de derrière les rideaux, elle ne bougea pas.

Toutes les facultés en arrêt, elle examinait avec une curiosité avide la personne un peu grande, vêtue de gris foncé, qui, après avoir fait quelques pas dans l'allée, s'était arrêtée interdite, regardant de côté et d'autre, dans l'espoir de trouver quelqu'un qui pût l'aider.

Et comme Clémence s'évertuait à mettre un âge approximatif sur ce profil délicat, au teint légèrement rosé, qui se détachait sur le vert sombre d'un massif de rhododendrons, elle vit la nouvelle venue se retourner vers la grille, et s'adressant sans doute au conducteur qui attendait:

— Je ne vois personne, Monsieur, mais si vous vouliez m'aider, à nous deux nous pourrions transporter ma malle jusqu'au perron, elle n'est pas bien lourde, du reste.

L'accent était très pur, la voix très douce, bien qu'avec une certaine nuance d'autorité, et le conducteur apparut aussitôt avec un empressement qui ne lui était pas coutumier, le père Brizard n'étant pas, il s'en fallait de beaucoup, la prévenance même.

Jamais il ne descendait de son siège, et en dehors de ses chevaux, à qui il donnait des noms d'oiseaux ou des noms à coucher dehors, selon son humeur, qui variait suivant le nombre de petits verres qu'il avait ingurgités au départ, il n'adressait jamais la parole à personne.

Aussi, à le voir ainsi, portant à bout de bras la petite caisse noire, qui était tout le bagage de la voyageuse, la grosse Clémence n'en crut-elle pas ses yeux.

— On ne dirait pas que vous êtes attendue, Mademoiselle, fit-il, surpris du silence qui régnait autour de la maison.

— Cependant on a dû prévenir, mais il faut peu de chose, le courrier a pu être en avance ou en retard, et alors.....

— Que nenni, le courrier est toujours à l'heure, protesta-t-il vivement, quelque peu froissé dans son amour-propre de métier, et je m'étonne que Mamzelle Clémence ne l'ait pas entendu.

Mam'zelle Clémence, derrière ses rideaux, ricanait silencieusement.

— Enfin, vous y voilà, fit le père Brizard, en glissant dans le vestibule, dont la porte était entr'ouverte, la petite malle de la voyageuse, et à vot' service, Mademoiselle.

— Bon, ronchonna Clémence, il aura pour sûr griffé mon

marbre qu'est tout nouveau poli, il prend le vestibule pour une consigne, ma parole.

L'étrangère, sa valise à la main, avait cherché après le timbre ou le heurtoir afin de s'annoncer, mais ni l'un ni l'autre n'existait chez M. Leverby.

Quelque peu déconcertée, elle attendit.

Enfin, après un certain temps, tandis que le bruit des sonnailles de la malle-poste se perdait au loin en un tintement grêle, elle heurta doucement à la porte.

Clémence, qui décidément ne voulait pas faire un pas et qui entendait que l'on allât la trouver dans son domaine, s'était mise à tisonner le feu, à reculer, à avancer les casseroles, à laisser retomber les couvercles, de façon à couvrir l'appel le plus accentué.

Dans l'esprit de Clémence, c'était sans doute cela qu'elle appelait « faire le train ».

IX

L'institutrice, à qui ce remue-ménage apportait une sorte de soulagement, s'approcha de la cuisine, frappa à la porte, et, sans attendre de réponse, pénétra, de l'air le plus simple et le plus naturel, dans la grande pièce carrelée.

Clémence soufflait à ce moment dans son feu.

Elle se redressa époumonnée, les yeux rougis : on n'eût pu dire si c'était par la flamme du foyer ou si elle avait pleuré, et considéra en clignotant celle qui entrait.

— Veuillez m'excuser, Mademoiselle, dit celle-ci avec un aimable sourire, mais c'est bien ici que demeure M. Leverby?

— Si c'est ici? et où est-ce que ce serait donc? pas au moulin, que je suppose?..... Mais oui, que c'est ici, ben sûr!

Et les poings sur les hanches, se campant bien d'aplomb devant l'arrivante, avec un redressement plein d'arrogance, elle la toisa des pieds à la tête et de la tête aux pieds, semblant lui demander d'où elle tombait ainsi tout à coup, et ce qu'elle venait faire chez M. Leverby.

Soit qu'elle fût prévenue, soit qu'elle se fût déjà heurtée à des accueils de ce genre, l'institutrice ne parut nullement déconcertée.

— Voudriez-vous avoir la bonté de le prévenir de mon

arrivée, dit-elle, tirant une carte d'un petit réticule de cuir qui pendait, accroché à sa ceinture.

Clémence, comme si la carte lui était destinée, lut le nom qui y était écrit en belle anglaise, puis, tournant et retournant le fin bristol entre ses gros doigts graisseux :

— Alors, fit-elle curieuse, en dévisageant l'institutrice, c'est Louise Brunnel, votre nom ?

Etait-ce l'impertinence avec laquelle la grosse Clémence jetait ce nom sans le faire précéder de *Mademoiselle?.....* Etait-ce le manque d'habitude de s'entendre appeler ainsi?..... Etait-ce une espèce de révolte à la vue de cette fille, qui, de l'air le plus « chez soi », et sans y mettre la moindre forme, s'arrogeait ainsi des droits ? Mlle Brunnel eut un léger tressaillement, et, une brisure dans sa voix un peu voilée, comme si quelque chose, lui montant du cœur, venait l'étouffer :

— Veuillez, je vous prie, remettre cette carte à M. Leverby, fit-elle, sans répondre à la question indiscrète de Clémence.

Elle avait dit cela très doucement, mais avec une intonation particulière qui laissait deviner une certaine fermeté, une dignité sans hauteur, capables d'établir aussitôt une distance, et, comme elle s'était redressée, Clémence, de dessous la passe du large chapeau canotier que portait l'institutrice, se vit examinée par de grands yeux bruns, pailletés de roux, de beaux yeux très profonds, un peu tristes, où se lisaient un vif étonnement et l'amertume d'un reproche.

Toute autre que Clémence eût perdu de son assurance sous ce regard expressif, mais la cuisinière, « dont la nièce, Angélique, avot si ben fait l'affaire », ne se laissait pas décontenancer pour si peu :

— Ben là, fit-elle, en jetant négligemment sur la table la carte de l'institutrice, Monsieur n'est pas à la maison en ce moment, il a autre chose à faire que d'attendre les gens, vous pensez bien.

Et Clémence se retourna vers son fourneau pour faire un chassé-croisé de casseroles, que, très probablement, rien ne nécessitait en ce moment.

Debout, la main droite appuyée du bout des doigts sur l'angle de la table, Mlle Brunnel, le regard distrait, comme absorbé, suivait machinalement les mouvements de la cuisinière.

Celle-ci ouvrit et referma brusquement le four, mit une

bûche en travers dans le foyer pour conduire le feu de ce côté, et, ses petits yeux se coulant sournoisement dans la direction de l'institutrice :

— Si c'était vous, par hasard, la personne qui vient pour le petit; Monsieur m'a dit comme ça que j'avions à vous conduire à vot' chambre.

Il faut reconnaître que Clémence y mettait certaines formes, cette fois, mais elle eût dit, « débarrassez-moi de votre présence » que le ton n'eût pas été différent.

— Et l'enfant, est-il absent aussi? demanda Mlle Brunnel.

L'enfant?..... Clémence sursauta comme si elle venait d'être traversée par un courant électrique, et se retournant d'une pièce vers Mlle Brunnel:

— Ah! ben oui, l'enfant?..... Il dort depuis v'là près d'une heure, si vous voulez savoir; et c'est sûr pas en votre honneur que j'allons l'éveiller, vous pensez! C'est déjà pas si gai pour lui, le pauvre gosse, d'avoir à c't'heure quelqu'un qui sera sans cesse à ses trousses, et qui va lui apprendre des tas de choses!..... Il a le temps de savoir que vous êtes là, allez, il ne le saura que trop tôt, ce pauvre innocent!..... En attendant, si vous voulez prendre quéque chose? fit-elle, pour se conformer aux recommandations de son maître..... Et vous pourriez tout de même bien vous asseoir, qu'il me semble, ajouta-t-elle, non sans une certaine impatience, l'immobilité de cette personne dont la taille élancée la dominait lui causant une sorte d'agacement.

Et à bout de bras elle indiqua une chaise sur laquelle, roule en boule, un gros chat gris sommeillait.

Tout cela avait si mauvaise grâce, on y sentait une intention si manifeste de déplaire, c'était en somme si forcé, si outré et en même temps si gauche, que Mlle Brunnel, dont le premier mouvement avait été de remercier, éprouva soudain un innocent plaisir à prolonger cette histoire ahurissante, et gracieusement, prenant à pleines mains le gros chat qui se mit à ronronner, elle s'assit et le retint avec une caresse sur ses genoux.

— Pour le coup, pensa Clémence, dont les petits yeux gris s'ébahirent, elle n'est pas fière tout de même de s'asseoir ainsi dans la cuisine, sans faire de manières.

Puis, non sans une certaine inquiétude, à l'idée que M. Leverby pouvait rentrer d'un moment à l'autre et être témoin du sans-gêne avec lequel elle avait reçu l'institutrice.

— Voulez-vous plutôt venir à la salle à manger? demanda-t-elle comme par acquit.

— Mais, si je ne vous dérange pas trop, Mademoiselle, je suis très bien ici, je vous assure, répondit Mlle Brunnel, tout en continuant à flatter le chat, qui la considérait de ses grands yeux placides de bête aimée et choyée.

— Et puis votre cuisine est vraiment jolie, ajouta-t-elle, son regard faisant le tour de la grande pièce et jouissant de l'éclat des cuivres et des étains.

Clémence savait que sa cuisine était jolie, elle aimait de se l'entendre dire; cependant, venant de Mlle Brunnel, le compliment la crispa.

— On fait de son mieux et ça fait le compte, ronchonna-t-elle, une rancune à l'adresse d'une grande bassinoire, dont le scintillement semblait faire accueil à la nouvelle venue.

— Oh! ne vous dérangez pas, je vous prie, fit l'institutrice, comme Clémence tirait du buffet un morceau de pain et quelques tranches de jambon, il me reste encore quelque chose de ce que j'avais emporté pour le voyage. Si seulement vous pouviez me donner une tasse de lait.

Et de la valise qu'elle avait déposée à ses pieds, elle tira, enveloppée de papier blanc, une humble petite tartine, toute séchée, et dont les bords racornis laissaient apercevoir l'omelette mince dont elle était fourrée.

X

Clémence, qui s'attendait à voir sortir de la valise des pâtisseries ou un morceau de choix, éprouva une réelle stupéfaction à la vue de la pauvreté de cet en-cas de voyage. D'autant plus que la tartine était de ce pain un peu lourd, mi-seigle, mi-froment, comme il s'en fait à la campagne, dans les fermes et les maisons de culture.

— C'est du pain de chez vous, pour sûr? demanda-t-elle subitement adoucie; et éprouvant une sorte d'attendrissement mêlé de pitié à la vue de ce pain grisâtre dont elle avait été nourrie pendant son enfance.

C'était sa *rude* femme de mère qui faisait ce pain, qu'un

enfant n'eût pu porter, et que l'on coupait en gros quignons, en entaillant la grande table faite d'épais madriers.

— Oui, c'est du pain de chez nous, répondit l'étrangère un peu émue.

Et comme si la question de Clémence l'eût reportée soudain vers ceux qu'elle avait quittés, une ombre de tristesse se répandit sur ses traits. Pensive, elle mangeait à petites bouchées et avec une sorte de pieux recueillement ce pain dont d'ici à longtemps, peut-être, elle ne goûterait plus.

Clémence, songeuse, se représentait l'humble demeure vers laquelle, sans nul doute, l'âme de l'institutrice devait se porter en ce moment, et son âme à elle, revivant ce temps déjà lointain où l'on *étions dix chez nous*, s'abandonna à la vision très douce d'une maison blanche, à toit de seigle, qu'un joyeux caquet de poules entourait.

— Alors vous êtes de la campagne? fit-elle très doucement, comme pour ne pas froisser une peine encore trop récente.

Une hésitation traversa le regard de Mlle Brunnel; d'un mouvement de tête elle esquissa une sorte de négation, puis se ressaisissant aussitôt:

— Je viens de la campagne, dit-elle, une légère contrainte dans la voix.

— Ben, ça ne vous changera pas beaucoup, alors, et vous vous ferez vite à Chavette-Saint-Brice, qu'est un village comme beaucoup de villages, fit Clémence sur un ton encourageant. Si vous aviez été une dame de la ville, je ne réponds pas que vous auriez pu y rester, car ce n'est pas gai tous les jours pour ceux qui connaissent autre chose.

Tout en tirant du grand placard les verres et les assiettes pour dresser le couvert du dîner, Clémence, qui examinait à la dérobée Mlle Brunnel, fit la remarque que, si sa robe était de fine serge et de façon soignée, la coupe en était surannée, et que, si le chapeau était de belle paille anglaise, le modèle n'était certainement plus porté depuis dix ans.

Elle doit être pauvre, se dit-elle, mais c'est drôle tout de même que cela paraisse encore si neuf, car depuis le temps..... Ce sont ses vêtements d'institutrice, probablement, et elle ne les portait pas au village, conclut-elle.

La cuisinière était bonne, au fond, elle aima cette pauvreté qu'elle venait de découvrir, et, prise de pitié :

— J'avons du café, dit-elle enfin, cédant à quelque chose qui, malgré elle, l'envahissait par degré. Il est ben bon et chaud, et c'est à vot' service, si vous voulez.

Mlle Brunnel sourit à l'idée de ce revirement subit, et ne voulant pas rebuter les bonnes intentions de Clémence:

— Oui vraiment, Mademoiselle, un peu de café chaud me fera plaisir.

Avec empressement, Clémence, sentant qu'elle avait à réparer ce que son accueil avait eu de cruel, remplit jusqu'au bord un de ces beaux bols de porcelaine à filets d'or, qu'elle tenait en réserve pour les occasions, et le sucra généreusement, pour tout ce qu'elle avait à se faire pardonner.

XI

Tandis que Mlle Brunnel, le chat toujours sur ses genoux, achevait ce bout de repas sur le coin de la table de la cuisine, Clémence, très satisfaite au fond de cette simplicité, heureuse de ne pas s'être heurtée à une personne faisant des *manières*, augurait de là, avec un grand soulagement, que la distance entre elle et l'institutrice ne serait pas si grande qu'elle l'avait redouté.

Et comme la nouvelle venue remettait sur la table le bol vide avec un « merci, Mademoiselle, votre café était très bon », Clémence, très sensible à ce compliment — car, au dire de M. Leverby, elle excellait dans la confection du café, — eut un petit rire de satisfaction.

— Vous goûterez mon moka après le dîner, dit-elle, et vous m'en direz des nouvelles! Maintenant, sans vous commander, si nous montions à votre chambre?

— Mais certainement, fit l'institutrice, qui, s'étant aussitôt levée, avait remis le chat en boule sur la chaise qu'elle quittait.

Dans le vestibule, elle voulut prendre une des poignées de la malle pour la porter avec la cuisinière.

— Oh! que nenni, vous ne voudriez pas, pour sûr, protesta celle-ci, j'vas vous porter ça tout courant que vous allez voir.

Et Clémence souriante, Clémence toute différente de ce qu'elle était d'habitude, prit la petite malle à pleins bras, et, précédée de Mlle Brunnel, à qui elle avait, d'un mouvement de tête un peu familier, montré le chemin, elle arriva avec elle sur le palier du premier.

— C'est ici, fit-elle, tendant le menton vers la première porte qu'elles rencontrèrent.

L'institutrice ouvrit et se trouva dans une petite pièce plus longue que large, au plafond élevé, éclairée par une grande vénitienne donnant sur le jardin.

Un lit de fer à boules de cuivre, deux chaises cannées, une table de toilette, un petit bureau et une armoire en pitch-pin en composaient tout l'ameublement.

Mlle Brunnel eut comme une joie dans le regard à la vue de cette simplicité, mais ses grands yeux bruns, allant du lit à la cheminée, semblèrent chercher une chose absente de cette chambre et s'arrêtèrent, comme attristés, sur une Thaïs, que reflétait une grande glace à biseau.

— V'là, exhala Clémence, en déposant la petite caisse noire près de la table de toilette. Si vous avez besoin de quéque chose, vous n'aurez qu'à m'appeler, fit-elle, le doigt pointant dans la direction du bouton électrique qui se trouvait à la tête du lit; faut pas vous gêner..... La chambre du petit est ici, ajouta-t-elle en indiquant une porte dans le panneau du fond, vous êtes comme cela tout près de lui..... T'à l'heure il va s'éveiller, et il criera pour sûr comme un brûlé, comme il fait toujours depuis la mort de la pauvre Madame, surtout quand il dort ainsi dans le jour !..... Ben sûr qu'il en rêve, allez, de sa pauvre maman qu'était si gentille, et depuis qu'elle est partie, il se dépérit, qu'on dirait. C'est à l'après de ça, voyez-vous, qu'il faut quelqu'un dans la maison qui soit tout pour lui. J'avons ben ma nièce Angélique, la fille à mon frère Clément, une bonne petite qu'arot fait l'affaire, car elle est ben amitieuse et qu'elle a le tour avec les enfants, confia-t-elle avec une nuance de regret, mais voilà, l'André n'est pas facile, il faut lui rendre trop de raisons, rapport à la pauvre Madame qui en faisait quasiment son dieu de ce gosse-là. Enfin, que voulez-vous, il y a de tristes choses tout de même dans la viel.....

Et sur un gros soupir, Clémence se retira.

Restée seule, Mlle Brunnel enleva son chapeau, qu'elle accrocha momentanément à une des patères qui retenaient les grands rideaux, et, sans songer à se regarder dans la glace de la table de toilette, elle passa ses doigts dans ses cheveux et lissa à tâtons, sans la moindre coquetterie ni recherche, les quelques mèches qui s'étaient un peu éparpillées sur son front.

Un petit réveil qui tictaquait discrètement dans sa gaine de cuir sur le coin de la cheminée marquait 4 heures. On dînait à 5 heures chez M. Leverby.

Mlle Brunnel ouvrit sa malle et s'occupa du rangement de son trousseau.

Un tout petit trousseau, tenant à l'aise sur deux rayons de l'armoire.

Si Clémence eût été présente, elle eût dit sans doute, en examinant le linge fort, à la trame solide, comme elle avait dit à la vue du pain lourd:

— C'est de la toile de chez vous, pour sûr?

Probablement aussi l'institutrice eût-elle eu la même ombre de tristesse à cette question de la cuisinière.

En ce moment, elle était très pâle, ses yeux s'étaient cernés, ses lèvres frémissaient sous la poussée d'un sanglot, et de grosses larmes roulaient de ses joues sur les quelques chemises simplement coulissées d'un ourlet, qu'elle empilait méthodiquement, et sur les jupons de grosse futaine rebelle aux plis, qui rebondissaient sous sa main.

Ce n'était pas pauvre, mais il se dégageait de tout cela une sorte de rusticité qu'ont seules connue les grand'mères d'autrefois, qui ont vécu dans le fond des hameaux.

C'était quelque chose de si primitif, eût-on pu dire, que le jugement de la vieille Clémence se fût trouvé déconcerté.

Le rangement terminé, l'institutrice allait fermer le coffre quand elle se retourna.

Elle eut vers le lit et vers la cheminée le même regard triste et préoccupé qu'elle avait eu à son entrée dans la chambre, puis, après une légère hésitation, elle retira du fond du coffre un petit crucifix.

C'était un crucifix d'ébène, aux angles arrondis, comme usés par un très long usage, et le Christ en était poli au point d'en avoir perdu les traits.

Plus que le pain de méteil, plus que l'humble trousseau, il sembla rappeler bien des choses à Mlle Brunnel, ce pauvre crucifix, et longuement elle le regarda, semblant évoquer un passé très doux, tout proche encore, et loin déjà cependant, car jamais elle ne le revivrait.

Avec respect, elle le baisa, puis ayant retiré d'une pelote ronde et plate, qu'elle avait dans sa poche, une longue épingle noire, sorte d'épingle de coiffe, elle fixa le crucifix au mur au-dessus du lit.

Alors, tout doucement, elle pénétra dans la chambre d'André.

XII

L'enfant dormait toujours, un peu accablé, le souffle bruyant, interrompu de temps à autre par une sorte d'oppression.

Peut-être en ce moment rêvait-il encore de « sa pauvre maman qui était si gentille », dont un joli portrait se trouvait à la tête de son lit.

L'air de la pièce était lourd. Quelques fleurs qui achevaient de se faner dans un vase y répandaient une odeur fade et écœurante de chose mourante.

L'institutrice prit aussitôt ces fleurs, les porta au dehors, puis doucement, glissant comme une ombre sur le parquet ciré, alla tirer les grands rideaux, releva les stores et ouvrit les larges fenêtres sur le radieux couchant qui, à cette heure, empourprait l'horizon.

André fit un léger mouvement.

Mlle Brunnel s'approcha du petit lit.

Couché sur le dos, les mains jointes dans la nuque, l'enfant la considéra curieusement, avec une expression étrange de crainte et de surprise, quelque chose d'hésitant et d'apeuré.

Immobile, tout son petit être comme raidi par une anxiété intense, il attendait, ne perdant pas un trait, pas une ligne de ce visage inconnu qui s'inclinait vers lui.

Cette rencontre soudaine avait quelque chose d'impressionnant de part et d'autre, on eût dit que c'étaient deux âmes qui se mesuraient, s'analysaient, sous le regard de cette morte qui souriait.

Peu à peu, comme sous une influence bienfaisante, les traits un peu crispés de l'enfant se détendirent, ses lèvres s'entr'ouvrirent dans un commencement de sourire, et tout soulevé par l'interrogation qui montait en lui:

— Qui es-tu? fit-il enfin, la voix encore ensommeillée, tandis que ses grands yeux s'éclairaient d'une sorte de rayonnement.

Ce tutoiement familier et confiant émut l'institutrice. Ce sourire et ce regard furent pour elle un accueil, et passant sa main en caresse sur les boucles soyeuses qui s'épandaient sur l'oreiller :

— Je viens pour toi, mon petit André, ne m'attendais-tu pas?

Elle aussi tutoyait, elle n'eût pu dire pourquoi ; c'était tout naturel, eût-on dit, comme si déjà un lien l'attachant au petit orphelin elle trouvait le *vous* trop distant.

— Tu n'es pas la demoiselle, cependant?

— Si, je suis la demoiselle, mon chéri.

L'enfant eut un haut-le-corps des plus sceptiques, il était évident qu'il n'ajoutait aucune foi à cette affirmation, et, éclatant d'un joli rire qui découvrit ses petites dents blanches:

— Non, tu n'es pas la demoiselle, tu ne peux pas être la demoiselle, fit-il, le doigt levé en un amical reproche.

— Pourquoi cela? demanda Mlle Brunnel intéressée.

— Parce que la demoiselle doit avoir des yeux gris, des lunettes, et un long nez, énuméra-t-il en se redressant sur son coude et en dévisageant avec une sorte d'avidité la nouvelle venue ; tandis que toi ! Oh ! toi, s'exclama-t-il en un cri d'admiration.

— Eh bien, moi?

André s'était levé, et debout sur son lit, piétinant l'édredon et les couvertures pour pouvoir, en dépit des ressorts du sommier et du moelleux des literies, conserver l'équilibre:

— Toi, reprit-il, l'entourant de ses bras et appuyant sa joue contre son visage, tu n'es pas du tout comme la demoiselle que disait Clémence, vois-tu, oh! pas du tout, protesta-t-il avec un léger frisson, au souvenir du type de cauchemar que lui avait décrit la cuisinière, et je suis content, très content que tu viennes pour moi, car tu as de beaux yeux, une jolie bouche, et j'aime ta voix.

Mlle Brunnel rougit à ce compliment tout spontané ; on eût dit que c'était la première fois qu'elle se voyait ainsi admirée. Ses longs cils noirs frémirent sur ses beaux yeux lumineux où se lisait une sorte de timidité craintive, une délicatesse d'âme prête à s'effaroucher, et, enlevant André du lit qu'il ne cessait de piétiner, elle le posa sur le parquet.

— Oui, continua l'enfant, toujours l'examinant, tu n'es

pas comme je pensais. Tu es un peu comme « tite mère », vois-tu! Elle avait de beaux yeux comme les tiens, et elle me regardait toujours comme tu me regardes. Tu sais, ajouta-t-il pensif, « tite mère » est partie loin, bien loin. Clémence dit que je ne dois pas y penser, mais je ne puis pas, et je la vois toujours quand je ferme les yeux. Elle était gentille, va, « tite mère », fit-il confident, et elle m'aimait bien. J'étais son trésor, qu'elle disait toujours.....

Le « trésor » de « tite mère » s'arrêta, quelque chose de très triste vieillit son beau regard d'enfant, sa tête s'inclina comme trop lourde du grand chagrin qui traversait sa pensée, puis très bas, comme si de son cœur s'élevait, malgré sa tendresse, une sorte de rancune contre cette « tite mère » qui l'aimait tant et qui cependant l'avait abandonné:

— Pourquoi donc qu'elle est partie, « tite mère », dis ?

Campé devant l'institutrice, les mains dans les poches de sa petite culotte bouffante, les jarrets tendus, les reins cambrés, il l'interrogeait avec ce naïf abandon de l'enfant qui, sans en deviner le pourquoi, se rend compte que la personne à laquelle il s'adresse lui dira la vérité.

Oui, cette étrangère qui le regardait comme « tite mère » devait savoir la raison de ce départ lointain, et comme « tite mère », qui répondait toujours à ce qu'il lui demandait, elle lui donnerait enfin le mot de cette énigme qui l'angoissait.

— Pourquoi, dis?

— Elle est partie, petit André, dit Mlle Brunnel, en prenant à deux mains la tête de l'enfant, et en plongeant son regard dans le sien, parce que le bon Dieu l'a appelée dans son beau paradis.

— C'est loin, dis, cela?

— Oui, très loin.

— Et elle reviendra?

Mlle Brunnel eut un lent et doux hochement de tête, un hochement de tête berceur et caressant qui disait un grand « non » affectueux et compatissant.

— On ne revient pas du paradis, mon chéri, on y est trop heureux avec le bon Dieu.

— Alors plus jamais, plus jamais, gémit l'enfant, et moi qui l'attendais toujours, ajouta-t-il la voix tombant, comme si un ressort venait de se briser en lui.

— C'est elle qui t'attend, André, c'est à toi d'aller la rejoindre un jour.

— Alors, tu me conduiras, tu veux bien? fit-il avec abandon.

— Oui, je te conduirai, mon petit André, aussi loin que je pourrai t'accompagner, dit avec une ferveur émue Mlle Brunnel, et si je dois te quitter, ce ne sera pas sans t'avoir indiqué le chemin.

— « Tite mère » serait bien heureuse de me revoir, vois-tu, soupira-t-il, pensif.

— Pour cela il faut être bien sage, mon chéri, et bien prier matin et soir.

— Alors, tu sais aussi des prières comme « tite mère » m'en faisait dire avant de m'endormir?

— Oui, je sais des prières, André.

— Est-ce le bon Dieu, dis, qui t'a envoyée? Comment donc qu'il t'a dit le bon Dieu?

— Il m'a dit, fit Mlle Brunnel d'une voix que les larmes qu'elle essayait de refouler venaient étouffer, il m'a dit qu'il y avait à Chavette-Saint-Brice un bon petit garçon qui n'avait plus de « tite mère », que ce petit garçon avait souvent du chagrin, et que je devais aller le consoler.

— Tu me conteras des histoires, alors, fit-il battant des mains, et tu me chanteras des chansons?..... « Tite mère » chantait, vois-tu. Oui, je crois si souvent que je l'entends, ajouta-t-il, le regard fixe et l'ouïe tendue, comme s'il percevait des sons lointains.

Puis il se mit à fredonner un air très doux, sorte de berceuse au rythme plaintif et lent, mais à mesure que le chant se modulait, de grosses larmes noyaient ses yeux, inondaient ses joues et venaient perler à son petit menton qui frémissait.

C'était un vrai chagrin de grand qui montait en ce tout petit. Ce chant de la morte sur les lèvres de l'enfant avait quelque chose de navrant. On sentait que l'orphelin, semblable à une lyre vivante, rendait cette mélodie lointaine qui lui traversait l'âme et le cœur, et le faisait vibrer douloureusement.

Soudain, sa voix se fit sourde, voilée, et comme si toute l'amertume qui s'était accumulée en lui eût enfin débordé, il étendit les bras, se jeta sur Mlle Brunnel qu'il étreignit nerveusement et éclata en sanglots.

C'était plutôt une détente qu'une crise, cette fois. C'était tout ce qu'il avait souffert déversé dans un cœur ami et compatissant. C'était un abandon confiant en celle qui se disait venue pour le consoler.

Il pleurait, mais c'étaient des larmes très douces, ressemblant à celles que « tite mère » lui séchait autrefois avec des baisers. Il pouvait les verser, ces larmes, qui maintenant ne retomberaient plus lourdement sur son cœur d'enfant abandonné.

XIII

L'institutrice, l'âme profondément bouleversée, s'était agenouillée pour être à la portée du petit désolé.

Affectueusement, elle l'entourait de ses bras en un enveloppement tout maternel, et lui se blottissait dans cette étreinte dont il sentait la tendresse.

De cette voix persuasive et douce qui avait déjà subjugué André, elle le raisonnait en ces termes enfantins qui font un langage à part et décèlent une grande habitude de causer avec les tout petits.

Oui, elle lui conterait des histoires, elle en savait de jolies, jolies, qui finissaient toujours bien.

— Tu me diras celle de la mère poule, alors?

— Oui, et de tous ses petits poussins.

— Et celle du vieux renard qui met des lunettes?

— Celle du vieux renard, oui.

Mlle Brunnel toujours à ses pieds, il s'était redressé, un peu arc-bouté, les mains posées sur les épaules de l'institutrice.

Il ne pleurait plus, une sorte d'émerveillement flottait dans ses grands yeux encore mouillés.

— Tu sais tout cela, donc? s'exclama-t-il ravi.

— Et tu me chanteras?

— Oui, je te chanterai.

— Pas de l'*opéra*, fit-il méfiant.

Mlle Brunnel eut un joli rire amusé ; elle ne doutait pas que l'*opéra* fût à mettre avec les yeux gris, les lunettes et le long nez.

— Non, oh! non, je ne te chanterai pas de l'*opéra*, mon chéri.

— C'est que vois-tu, Clémence.....

Il s'arrêta court. C'était si loin maintenant ce qu'avait dit Clémence, et sous le beau regard qui se plongeait dans le sien, semblant pénétrer jusqu'au tréfonds de son âme d'enfant, il sourit, et enserrant Mlle Brunnel de ses petits bras, il lui appliqua à pleines lèvres un baiser retentissant.

Le pas lourd de Clémence se fit entendre sur le palier, et la grosse fille, apparaissant dans l'entre-bâillement de la porte, s'arrêta interdite, comme suffoquée, à la vue de Mlle Brunnel consolant le petit orphelin.

N'ayant pas, de sa cuisine, entendu les « cris de brûlé » du petit, elle le croyait encore endormi et elle arrivait pour l'éveiller, s'attendant à ce « bazar », qu'à son avis l'enfant ne pourrait pas manquer de faire ce jour-là.

Au fond, elle n'était pas fâchée que l'institutrice se rendît compte dès le début de toutes les « raisons » qu'elle aurait à faire valoir et des moyens qu'elle devrait employer pour venir à bout de cet enfant, « dont la pauvre Madame avait fait quasiment son dieu ».

Ce qu'elle voyait dépassait vraiment sa compréhension et la frappait d'une réelle stupeur. N'osant faire un mouvement, son vieux cœur tressautant dans sa poitrine, un nuage devant les yeux par les grosses larmes qui les embuaient, elle restait là, figée dans une sorte de contemplation.

— Qui aurait dit, murmura-t-elle émue. Non, vrai, c'est pas des manières de *demoiselles*, ça, pour sûr! V'là son corsage tout fripé à c't'heure, son col tout croqué et ses manchettes toutes froissées, et qu'elle semble ne pas y penser. Tout comme la pauvre Madame quand le petit pleurait. Sainte Mère de Dieu! Faut croire qu'elle aime bien les gosses, tout de même! C'est not' André qui va s'en payer, depuis le temps qu'il ne sait plus ce que c'est, le pauvre petit!

Et du coin de son tablier, elle s'essuya furtivement les yeux.

L'institutrice, l'ayant aperçue, lui sourit.

— Eh! mais là, s'exclama Clémence, c'est pas pour dire, mais j'aurions jamais pu croire qu'une demoiselle arot l'tour comme ça avec not' André. Vrai, c'est comme qui dirait qu' la pauv' Madame serait revenue, oui là! Ça me fait quéque chose tout de même, et vous avez comme ça de ses manières, la pauv' gent!

Elle ponctua sa phrase d'un large reniflement, ce qui était chez elle l'indice d'un certain attendrissement, puis, après un silence:

— Si je m'attendais à celle-là, Dieu du ciel! murmura-t-elle entre haut et bas, un retour confus vers ses mauvaises dispositions.

— Tu sais, Clémence, cria soudain André, elle connaît l'histoire de la mère poule et du vieux renard, et..... et..... jeta-t-il triomphant, elle ne chante pas de l'opéra!

Cela alla se planter comme un clou dans l'âme de Clémence; elle rougit très fort, et toute décontenancée, roulant éperdument le coin de son tablier :

— J'étons venue vous dire que le dîner est prêt et que Monsieur vous attend à la salle à manger, débita-t-elle d'une haleine sans regarder Mlle Brunnel..... Sans vous commander, si vous voulez descendre.....

Elle prononça le dernier mot, déjà sur le palier, et on l'entendit peu après claquer violemment la porte de sa cuisine.

Mlle Brunnel se releva, étira sa jupe qui avait pris des faux plis, passa son mouchoir sur son corsage, où les larmes d'André avaient laissé des traces, et, après avoir lavé le visage et les mains de l'enfant, et lui avoir brossé les cheveux, elle descendit, le tenant par la main.

M. Leverby attendait, en effet, mais très énervé, ne sachant quelle contenance prendre, ni quel accueil il allait faire à cette personne qu'il eût souhaitée à cent lieues de chez lui.

Il avait d'abord arpenté la salle à manger de long en large, les mains derrière le dos, les talons frappant sec comme un piaffement sur le parquet ciré. Jetant à la dérobée un regard, où se confondaient de l'apeurement et de la rancune, vers ce troisième couvert qui le séparait de la chaise haute de l'enfant, il s'exaspérait à l'idée de cette étrangère qui, dans sa pensée, forçait l'entrée de sa maison.

Il n'était plus chez lui, le pauvre M. Leverby; il le sentait dans l'air qu'il respirait, dans ce léger frisson à fleur de peau qui l'incommodait étrangement, et surtout dans le piétinement qui depuis un moment martelait le plafond.

C'étaient les petits pas d'André, il les reconnaissait, mais ils n'étaient plus accompagnés du gros tamponnement des chaussons de Clémence qui faisait crier les feuilles du parquet.

L'enfant n'était pas seul, cependant, il devait y avoir d'autres pas, là-haut, dans la grande chambre, des pas très légers puisqu'il ne pouvait les saisir, et ce lui fut une souffrance d'écouter ce qu'il n'entendait pas.

Une porte s'ouvrit et se referma au-dessus de lui, et le babil d'André lui arriva, scandé par les sauts que faisait l'enfant en retombant de marche en marche sur le grand escalier.

C'était bien sa façon de descendre au temps de « tite mère »; pourquoi recommençait-il aujourd'hui?.....

Le cœur de M. Leverby se serra, et allant se placer devant une des fenêtres du fond, il tourna le dos à la porte et se mit à tambouriner rageusement sur la vitre, les yeux fixés sur le jardin, où déjà l'ombre du soir tombait.

XIV

A l'entrée de Mlle Brunnel, tenant toujours l'enfant par la main, M. Leverby se retourna de l'air ahuri d'un homme qui voit quelqu'un lui tomber des nues. Pendant quelques secondes, il considéra l'institutrice avec cette persistance propre aux myopes, sans qu'un muscle de son visage trahît le genre d'impression qu'elle faisait sur lui; puis il s'inclina cérémonieusement en murmurant quelques paroles de bienvenue.

Rien d'accueillant, rien de cordial, tout au plus ce qu'il fallait pour ne pas contrevenir aux règles de la plus stricte politesse.

Mlle Brunnel, si elle n'était pas prévenue, dut comprendre alors que des circonstances indépendantes de la volonté de M. Leverby l'imposaient à cette maison, et que l'on y subissait sa présence sans le moindre enthousiasme.

Le sourire d'André, qui s'assit familièrement à côté d'elle, lui fit l'effet d'un chaud rayon de soleil, irradiant un moment l'horizon froid et embrumé que soudain elle entrevoyait.

Très simplement, comme si de tout temps elle avait eu un enfant à servir et à diriger à table, elle s'occupa d'André, lui choisissant les morceaux, lui découpant sa viande, mouillant son vin, attentive au moindre de ses mouvements, prévenant ses gaucheries; tout cela d'un regard, d'un geste et avec une si grande douceur, que le petit n'en éprouvait pas la moindre contrainte.

Le repas, dont Clémence assumait tout le service, fut silencieux.

M. Leverby, soit que ce fût mauvaise grâce de sa part, soit

qu'il en eût l'habitude, avait lu, absorbé, mangeant machinalement de tous les plats, sans qu'il parût y trouver la moindre délectation. Ses mouvements étaient guindés, et, bien qu'il affectât la plus grande indifférence, on sentait que tout en lui se crispait sous l'effort qu'il devait faire pour ne pas donner libre cours à son mécontentement.

Une lourde gêne planait dans la grande salle à manger, et au dessert, André, qui depuis un moment paraissait nerveux et observait son père à la dérobée, s'exclama tout à coup:

— Mais tu ne dis rien, petit père, est-ce que tu n'aimes pas *ma* demoiselle?

M. Leverby eut un léger sursaut à la voix de son fils, comme si cette voix le rappelait de très loin. Il se passa nerveusement la main sur le front, comme pour y effacer les plis soucieux qui s'y creusaient, et, curieux de savoir la pensée de l'enfant, en même temps qu'il redoutait, eût-on dit, ce qu'elle allait avoir de décisif sur la ligne de conduite à suivre en ce qui concernait la nouvelle venue:

— Ah! elle est *ta* demoiselle? dit-il en souriant.

— Mais oui, puisque c'est pour moi qu'elle est ici.

— Tu en avais peur, cependant.

— Oui, parce que je ne l'avais pas vue, mais maintenant!.....

Et son regard allant de Mlle Brunnel à son père, en une sorte d'enveloppante caresse:

— Maintenant..... reprit-il après une légère hésitation, et avec cette inconscience naïve qui caractérise l'enfant et le rend cruellement touchant, maintenant, c'est presque comme si « tite mère » était revenue ?..... Tu ne trouves pas, dis, petit père ?

Et se renversant en une pose abandonnée sur sa chaise à haut dossier, il parut savourer cette douceur du foyer reconstitué.

Une expression de vive contrariété se répandit sur le visage de M. Leverby; peut-être à ce moment le pauvre homme eut-il un regret pour les yeux gris, les lunettes et le long nez qui eussent fait se cabrer l'enfant et l'eussent rejeté dans ses bras.

Un sourire amer et ironique glissa sous sa moustache, il se leva et, avec un effort visible, s'adressant à Mlle Brunnel:

— J'ai tout lieu de croire, Mademoiselle, qu'André ne vous rendra pas la tâche trop difficile. Toi, ajouta-t-il, en passant la main sur la tête de l'enfant, tu seras sage, j'espère.

Alors, jugeant la présentation suffisante, M. Leverby alluma un cigare et se rendit au jardin.

. . . .

Il voulait se ressaisir, établir une sorte de corrélation entre les pensées qui l'avaient assailli depuis le matin et le sentiment inexplicable qui venait de s'éveiller en lui. Mais il ne pouvait.

Il devait s'avouer que rien en Mlle Brunnel ne répondait à ce qu'il avait prévu, attendu. Armé de toutes pièces contre l'institutrice au type vulgaire qu'il s'était figuré, il se trouvait soudain pris au dépourvu, absolument déconcerté, les armes lui étant tombées des mains devant cette personne qui ne répondait en rien à l'idée qu'il s'en était faite.

Il était furieux. Furieux contre son ami Chaumet, contre l'oncle Rambertin, contre la tante Madeleine.

Tout ce monde l'avait joué, et lui s'était bêtement laissé faire, sans la moindre méfiance.

Eh ! oui, il pouvait bien s'être bercé de l'illusion qu'étant le maître il aurait le dernier mot!.....

Il venait de lui être dit à lui, ce dernier mot, et c'était des lèvres de son fils qu'il était tombé.

« Tite mère » était revenue pour lui; son cœur d'enfant, avide de tendresse, allait de nouveau se dilater dans cet abandon heureux qu'il avait connu autrefois, et qui l'avait toujours laissé, lui, le père, au second plan. Mais, alors, c'était Simone, Simone si jolie quand elle souriait à son enfant, et Pierre Leverby avait sa part de ce bonheur, tandis que maintenant c'était l'étrangère, l'inconnue de la veille, qui allait tout accaparer sans que rien ne lui en revînt.....

La nuit était tombée, une nuit très calme, très douce, nuit d'été au ciel un peu violacé. L'air était bas; entouré du parfum de son havane, M. Leverby allait et venait dans une petite allée couverte, un peu à l'écart, du côté des communs. Le bout de son cigare mettait un point de feu dans l'ombre épaisse.

Guidé par ce point de repère, André, qui le cherchait, accourut essoufflé, et sa voix éclatant joyeuse dans le grand silence du jardin, il souhaita le bonsoir à son père, en se jetant dans ses bras.

Ce n'était plus l'amour de Simone qui lui envoyait son fils pour le baiser du soir, c'était une personne à gages, qui, parce que cela entrait dans ses attributions, envoyait André accomplir ce rite obligatoire qui terminait sa journée.

M. Leverby ne put rendre l'étreinte à son fils. L'enfant, tout au sentiment nouveau qui l'avait envahi, ne s'en aperçut même pas, et dans sa hâte d'être bercé par des histoires et des chansons, il s'enfuit vers la terrasse où Mlle Brunnel l'attendait.

Les yeux fixés sur sa maison, M. Leverby vit les deux grandes fenêtres de la chambre d'André s'éclairer dans la nuit. Son cœur se serra, et, jetant le bout de son cigare, il rentra.

XV

Il faut croire que Mlle Brunnel possédait tout aussi bien que la nièce Angélique l'art de faire des cocottes, car André ne venait plus, avec des carrés de papier, importuner Clémence dans sa cuisine.

Il faut croire aussi qu'André n'avait nulle crainte de dormir tout chaussé, car il continuait à nouer ses lacets comme auparavant, sachant bien que les doigts agiles de l'institutrice en viendraient à bout sans la moindre difficulté.

Jamais il n'était resté seul dans le noir, comme l'en avait menacé la cuisinière, et cependant, fuyant la longue chemise de nuit dont on voulait l'envelopper, non seulement il se livrait encore à ces courses et à ces feintes par lesquelles il avait si souvent époumonné la grosse Clémence, mais il lui arrivait même de se glisser sous le lit, où, blotti comme en une redoute, il riait follement.

Maintenant, chaque soir, après sa prière, c'était la main dans celle de « Bonne Amie » qu'il s'endormait, bercé par les mêmes chansons que « tite mère » lui fredonnait autrefois.

Bonne Amie! André avait tout naturellement, dès le premier jour, trouvé cette appellation amicale pour désigner Mlle Brunnel.

De fait, ce titre lui convenait sous tous les rapports; c'était la touchante synthèse qui disait bien ce qu'était l'institutrice dans ses rapports avec le petit orphelin.

Gracieusement, elle se prêtait à ses fantaisies et se faisait enfant pour partager ses jeux. Gaie, d'une gaieté très douce, qui n'avait rien de forcé, elle mettait dans tout ce qu'elle faisait un joyeux entrain. Jamais André n'avait pu saisir en elle quelque chose de cette lassitude, de cette condescendance, qui trahissent l'ennui, qu'en général, et presque inévitablement, les grandes personnes éprouvent quand elles s'occupent des petits.

André la sentait vraiment toute à lui. Jamais il ne subissait de sa part le moindre rebut; elle répondait aimablement à toutes ses questions, satisfaisait avec tact toutes ses curiosités enfantines, lui ménageait d'agréables surprises, et si, parfois, elle avait à le réprimander, c'était avec la plus grande douceur et ce quelque chose de pénétrant qui allait droit au cœur de l'enfant.

André redoutait de la contrister, et peu à peu ses colères d'enfant étaient tombées, sa volonté tenace avait cédé, il s'assouplissait progressivement, sans que rien n'eût été brisé en lui.

Procédant à la façon dont elle dénouait tous les soirs les malencontreux lacets, Mlle Brunnel avait délicatement démêlé les idées confuses de l'enfant, rectifié son jugement sur toutes choses, et insensiblement tout était rentré dans l'ordre.

Décidément, tout portait à dire que Mme Peyras avait eu la main heureuse, et M. Leverby, tout prévenu qu'il fût contre cette personne, qu'un concours de faits et de circonstances lui avait imposée, était forcé de convenir des réels mérites de Mlle Brunnel.

Sans pour cela abandonner complètement ses idées préconçues, il devait cependant s'avouer que nulle autre qu'elle n'eût pu remplir auprès d'André ce rôle de sollicitude maternelle et exercer sur lui cette influence bienfaisante.

Quant à Clémence, elle en était enfin arrivée à douter que sa nièce Angélique, dont elle était si sûre jusqu'ici, « arot si ben fait l'affaire ». Car jamais Angélique, bien qu'elle eût le tour avec les enfants, comme l'avait autrefois affirmé la cuisinière, n'eût pu confectionner les petites merveilles qu'imaginait Mlle Brunnel, ni inventer ces jeux qui faisaient la joie d'André.

La pauvre Clémence se rendait bien compte, maintenant, que la fille de son frère eût piteusement échoué.

D'abord, jamais Angélique n'eût pu parvenir à enseigner à lire et à écrire à l'enfant, elle qui avait à peine fréquenté l'école, et André lisait et écrivait maintenant.

Non seulement il lisait et écrivait, mais, sans qu'il s'en aperçût presque, sans un ennui, sans une fatigue, comme si cela était venu tout seul, il s'était peu à peu familiarisé avec la grammaire, l'histoire, la géographie, l'arithmétique, et, comme en se jouant, en était arrivé à posséder les premiers éléments de l'instruction.

Mlle Brunnel avait eu l'art de le stimuler, de l'intéresser, au point que ces leçons, qu'il avait tant redoutées, étaient devenues pour lui pleines d'attrait.

— Conte une histoire, dis, « Bonne Amie », demandait-il, quand, fatigué par une longue promenade, il s'asseyait à ses pieds.

Et « Bonne Amie » avait toujours un beau récit que l'enfant écoutait avec intérêt.

Sans chercher dans la fiction, sans avoir recours à ces fables extravagantes dont on peuple l'imagination des enfants, à ces contes qui les font vivre dans un monde à part et les exposent à douter un jour de ce qui est vrai, tant la confusion est aisée, Mlle Brunnel s'en tenait aux faits accomplis.

L'histoire du monde contenait, à son avis, assez de merveilles, d'épisodes saisissants, de traits attachants, capables de charmer une jeune intelligence; la Bible, les Evangiles, assez de beauté et de grandeur; l'Eglise, assez de héros pour alimenter un idéal enfantin.

Les peuples divers apparaissaient dans ces récits, les pays lointains étaient décrits, et, insensiblement, André en arrivait à savoir beaucoup plus que les enfants de son âge.

— Ah! mais là, mon fi, disait parfois Clémence, quand André venait naïvement lui faire part de ce qui l'avait intéressé, t'es moult savant, à c't'heure, car tu me débites, ma parole, des mots à quinze sous, comme si ça n'te coûtait rien! Les Tartares! Si j'aurions jamais pensé qu'des gensses prendraient ainsi le nom d'une sauce! Et qu'est piquante encore! C'est pas pour dire, mais on en voit de toutes les sortes dans ce drôle de monde.

Drôle de monde!..... Eh! oui, le monde paraissait drôle, très drôle, à certains moments, à la pauvre Clémence!

La Félicité Blampain ne s'était-elle pas avisée.....

Bien qu'elle n'eût pas un nom de sauce piquante, celle-là, Clémence avait senti tout de même la moutarde lui monter au nez, quand la Félicité lui avait, avec un petit air rentré et un sourire qui en disait long, parlé ce matin-là de Mlle Brunnel.

— Pour ne rien y voir, ma belle, faut fermer les yeux, lui avait-elle dit, et il y a des gens qui pensent comme ça, que ce ne serait pas si mal après tout.

« Les gens qui pensent *comme ça* », c'étaient ceux du moulin, Clémence le savait, mais eux c'était en bonne amitié qu'ils avaient hasardé quelques paroles qui n'étaient en somme que des hypothèses.

Mais si la Félicité Blampain s'en mêlait!.....

Clémence, en bonne cuisinière, voulut relever la chose d'un généreux filet de vinaigre, et le prenant du sommet de sa voix, où cela pinçait un peu:

— A bouche ouverte, yeux fermés, fit-elle grinçante; c'est pas, croyez-moi, les bavards qui y voient le plus clair. Je sais ce que je sais, et not' demoiselle ne pense à rien, la bonne gent.

— Vot' demoiselle penserait à quéque chose, que ce ne serait pas un crime, après tout, reprit imperturbablement Félicité ; cette fille ne doit pas avoir des mille et des cent, puisqu'elle va ainsi *sous le monde*, et M. Leverby est ce qu'on peut dire un bon parti. Dame, comprenez donc, avait-elle conclu avec aplomb, entre nous soit dit, vaut mieux elle que *l'autre*, rapport au petit, si vot' maître a des idées.....

XVI

M. Leverby avait-il des idées?

Clémence, un peu soucieuse, se l'était demandé bien souvent, mais jusqu'à ces derniers temps, rien, dans l'attitude de son maître, ne lui avait laissé à penser qu'il songeât à remplacer la « pauvre Madame ».

Maintenant il y avait cette *autre* dont lui avait parlé la Blampain!.....

Rien que cette pensée donnait à la pauvre fille ce qu'elle appelait ses *tornioles*, et depuis le matin elle virait dans sa cuisine, oublieuse de la place qu'occupait chaque chose, et cherchant comme une âme en peine après ce qu'elle avait sous la main.

L'*autre*! Il y avait un mois que Clémence la connaissait.

Elle était arrivée en bourrasque à Chavette-Saint-Brice, dans une automobile ronflante, trépidante, cornante, et avait pénétré en ouragan dans la maison.

Longue, sèche, le verbe haut, le geste raide, les lèvres souriant en coup de couteau, cette femme, cachant sa cinquantaine proche sous un fard savamment appliqué, était tombée chez M. Leverby à la façon d'un aérolithe.

— Ce cher ami, faut-il vraiment que l'on tienne à lui, pour s'arracher à l'ivresse du 80 à l'heure et s'arrêter dans son patelin! Ecoutez donc mes 40 chevaux qui piaffent, cria-t-elle à tue-tête, pour dominer le bruit infernal de la machine. Eh! que devenons-nous donc, beau ténébreux?

Le « beau ténébreux », comme un collégien pris en faute, avait légèrement tressailli, tandis que la voix glapissante qui remplissait le grand hall, à en faire éclater les vitres du fond, avait repris, comme pour ne pas laisser à M. Leverby le temps de se ressaisir:

— Oh! je comprends, oui, je comprends, mais jusqu'à un certain point seulement, car à votre âge, mon ami, on peut encore secouer les idées noires.

Et sa longue main, élégamment gantée de suède, s'était levée nerveuse comme si, secouant une « folie », elle en agitait les grelots.

— Vous savez, je ne fais que passer, Golf et Brandin sont avec moi, c'est Brandin qui conduit, nous allons aux ruines de Blondval, et voulons jeter un coup d'œil sur votre merveille gothique de Voirey, un bijou dont nous avons admiré une réduction au Trocadéro. Etes-vous des nôtres, voyons?

Golf et Brandin, s'ils n'étaient pas précisément des amis de M. Leverby, étaient cependant de bonnes connaissances ; il les avait souvent rencontrés et ne pouvait faire autrement que d'aller leur serrer la main.

Une heure plus tard, les ruines de Blondval, unique but apparent du voyage, étaient oubliées, l'auto garée au fond de la grande allée du jardin, et Sarah Lehmann, installée avec Golf et Brandin à la table de M. Leverby, déjeunait à côté d'André qu'elle appelait son « cœur » et son « cher amour ».

Ronce et ortie, Sarah Lehmann n'avait pas changé depuis le temps où elle avait été malicieusement désignée à M. Leverby et, si elle venait le relancer, c'était dans l'intention de l'enlacer de telle sorte qu'il ne pût lui échapper, résolue qu'elle était à brûler de son venin subtil ceux qui s'approcheraient.

Tout cela pouvait se lire dans la façon avec laquelle elle dévisagea Mlle Brunnel, dont elle devinait d'instinct l'influence dans cette maison.

A un moment, son regard avait croisé celui de l'institutrice. Cette rencontre soudaine avait-elle fait pressentir à Sarah Lehmann que, dans le calme et la sérénité que révélaient les grands yeux bruns, que les siens n'avaient pu faire sourciller, il y avait une force?

La présence de cette étrangère installée au foyer de M. Leverby lui parut-elle tout à coup un obstacle à la réalisation de ses projets?

A la pensée qu'il était vraiment plus que temps qu'elle arrivât pour soigner son genre de candidature, Sarah Lehmann eut un sourire intérieur qui lui plissa légèrement les lèvres, et se renversant négligemment sur le dossier de sa chaise :

—Je crois, Mademoiselle, que vous pouvez nous laisser l'enfant, le « cher mignon » restera avec nous cet après-midi.

C'était signifier carrément à l'institutrice qu'elle n'avait plus qu'à se retirer.

C'était dit sur un ton autoritaire et d'un air si « chez soi », que Mlle Brunnel, malgré tout son empire sur elle-même, ne put se défendre d'un frémissement.

Très calme, à peine pâlie, elle se levait pour prendre congé, quand André s'écria, en se laissant couler vivement de sa chaise haute:

— Je reste pas sans « Bonne Amie »!

Lancé dans un bondissement de son cœur révolté, ce nom, vibrant d'une tendresse profonde, fut toute une révélation pour Sarah Lehmann ; elle comprit la place de choix que l'enfant donnait à cette étrangère, et, dissimulant son dépit:

— Mais tu viendras en auto avec nous, mon mignon!

Le « mignon » eut un joli geste d'indifférence:

— J'aime pas d'aller en auto sans « Bonne Amie », fit-il avec un doux entêtement.

Et, se cramponnant des deux mains à Mlle Brunnel, il l'attira, avec un affectueux sourire, hors de la salle à manger.

Clémence, qui en ce moment enlevait le couvert, n'avait rien perdu de cette scène: le silence de M. Leverby, le regard de haine dont Sarah Lehmann avait suivi Mlle Brunnel, l'avaient mise en méfiance.

Deux voyages qu'avaient faits coup sur coup M. Leverby à Paris l'avaient un peu intriguée.

Et c'était à tout cela que songeait la pauvre Clémence, maintenant que l'*autre* de la Blampain donnait en quelque sorte corps à ses soupçons.

— Ah! oui, mieux vaudrait la demoiselle que cette espèce d'araignée, pensait la pauvre fille. Mais avec les hommes, sait-on jamais, ils ont des goûts si baroques, des fois!..... Non, mais là, rapport au petit, ce sera une grande misère tout de même, lui qu'est maintenant si ben *éduqué*, le pauvre petit homme! Faut-y! Ah! faut-y!.....

Et pour passer sa rage, Clémence claqua violemment la porte du buffet, dont la clé rebondit sur le carreau.

XVII

En réalité, la situation de M. Leverby vis-à-vis de Mlle Brunnel devenait des plus embarrassantes.

Comme, dès le principe, il avait affecté la plus grande indifférence à l'égard de l'institutrice, comme il s'était désintéressé de tout ce qui la concernait, la moindre incursion dans son domaine lui eût paru, maintenant qu'il avait établi entre elle et lui une telle distance,comme une sorte de suspicion.

Il ne pouvait évoquer aucun prétexte, faire valoir aucune raison pour opérer un rapprochement, et cet état de choses commençait à lui peser singulièrement.

Il ne savait rien d'elle.

Ne l'ayant pas interrogée dès le premier jour, alors que cela allait de soi et lui était même imposé comme un devoir; alors qu'elle eût répondu tout naturellement, sans songer le moins du monde à se formaliser, il n'osait plus, à cette heure qu'elle était pour ainsi dire installée à son foyer, et faisait en quelque sorte partie de la famille, lui poser la moindre question.

Qu'eût-elle pensé? Qu'eût-elle dit? Comment eût-elle apprécié un tel procédé?

N'eût-elle pas été en droit de s'étonner de cette curiosité

intempestive, de lui en demander les raisons, et de se refuser à la satisfaire?

A moins que de perdre la notion de toutes les convenances, il fallait reconnaître que la chose était devenue impossible, en sorte que, depuis plus d'un an que « Bonne Amie » servait de mère à André, elle était encore une inconnue pour M. Leverby.

D'où venait-elle?

Il l'ignorait absolument.

Son langage très châtié, sans le moindre accent, ne pouvait déceler son pays d'origine.

Sa famille?...... Ses antécédents?..... Autant d'énigmes pour M. Leverby, toutes choses qu'il avait voulu ignorer et que, par un phénomène singulier, il voulait maintenant connaître.

Nul doute qu'elle eût professé déjà: sa méthode, sa patience, son tact, et le résultat qu'elle avait obtenu en ce qui concernait André prouvaient suffisamment qu'elle n'en était plus à ses débuts. Mais où avait-elle professé, et par quel concours de circonstances en était-elle arrivée à accepter ce poste près d'un tout petit enfant? Car Mlle Brunnel était instruite, M. Leverby avait pu s'en rendre compte à différentes reprises, et près d'André elle ne pouvait faire usage de son instruction.

Quand elle était arrivée chez lui, M. Leverby n'avait pas été sans nourrir en secret l'espoir que la vie retirée et privée de toutes distractions que l'on menait à Chavette-Saint-Brice finirait par paraître trop monotone à l'institutrice. Escomptant les mauvaises dispositions de Clémence, il s'était dit que l'humeur de la vieille cuisinière aurait tôt fait de rendre la maison odieuse à une personne quelque peu susceptible, puis il y avait André qu'il jugeait capable de décourager les meilleures volontés.

Vu de telles circonstances, il s'était dit qu'après quelques semaines, tout au plus quelques mois, la pauvre fille se verrait dans la nécessité de résilier ses fonctions.

Alors, pourquoi se serait-il informé des tenants et des aboutissants d'une personne qui, il en était bien persuadé, ne ferait chez lui qu'un très court séjour?

Mais, au grand étonnement de M. Leverby, il n'en avait pas été ainsi.

La vie retirée de Chavette paraissait du goût de Mlle Brunnel; Clémence, comme touchée par une baguette magique, s'était soudain métamorphosée; elle n'avait plus rien de ce hargneux qui rappelle le vieux chien de garde, et André était devenu un bon petit garçon.

C'est tout au plus si devant ce résultat M. Leverby ne se déclarait pas joué de la plus abominable façon.

Cependant, une seconde année avait commencé.

Beaucoup plus sérieuse que la première, vraie année scolaire cette fois, elle comprenait un programme par lequel Mlle Brunnel comptait bien se mettre en mesure de faire voir à André les matières que comporte la première année d'enseignement moyen.

Bien entraîné, l'enfant se prêtait sans difficulté à ces études plus suivies et travaillait maintenant pendant un plus grand nombre d'heures sans témoigner de la moindre lassitude.

Très gai, très communicatif, on sentait qu'il se mouvait à l'aise, que tout était combiné de façon à ne pas le surcharger, et M. Leverby ne pouvait se défendre d'admirer en Mlle Brunnel cet esprit de suite, cette direction éclairée, ce tact exquis, dont elle ne s'était jamais départie.

— C'est une perfection, avait-il dit un jour tout spontanément à un de ses amis qui lui parlait de l'institutrice.

— Ah!..... avait fait cet ami, d'une façon un peu singulière, en soulignant son exclamation d'un petit ricanement intérieur plein de sous-entendus.

Et, dévisageant M. Leverby avec une persistance trop significative:

— Une perfection!..... Eh! cela se comprend.

M. Leverby s'était rebiffé.

— Tu sais, mon cher, si tu crois.....

— Bast, tu pourrais, à mon avis, plus mal faire.

De ce moment, M. Leverby avait compris bien des choses.

Une foule de menus faits lui étaient revenus en mémoire, éclairés d'un certain jour qui lui en montrait la signification.

Certaines allusions dont il n'avait pas saisi le sens, des propos en l'air auxquels il n'avait pas attaché la moindre importance, des insinuations qu'il avait prises pour des pointes un peu malicieuses, lui étaient soudain apparues tout autres.

Le rire coupant de Sarah Lehmann, quand elle lui parlait de Mlle Brunnel, lui fut du coup expliqué, ses manœuvres dévoilées, ses perfidies mises à nu, et ce lui fut une révélation,

Ses amis, s'en tenant à de lointaines apparences, le mariaient à Mlle Brunnel!

De là cette visite intempestive de Sarah Lehmann à Chavette-Saint-Brice.

Elle avait voulu juger par elle-même et « ressaisir » Leverby.

Riche, influente, ce lui était aisé, lui semblait-il.

Qu'était le dévouement obscur de l'humble institutrice, dans le cadre modeste du foyer, devant le bruit, l'éclat, l'action de cette femme trépidante qu'était Sarah Lehmann? Qu'était cette vie monotone de Chavette-Saint-Brice, en comparaison de celle qu'elle pouvait offrir?

Retournée à Paris, elle avait organisé une fête à laquelle elle avait invité M. Leverby. Elle voulait qu'il la vît évoluant dans ses salons sous l'éclat des lustres ainsi que sur une scène de théâtre, pour qu'il établît une comparaison.

Où serait alors, dans l'esprit de M. Leverby, la « Bonne Amie » de son fils, quand cette femme l'aurait écrasée de tout son luxe?

Le « Ah! » de son ami avait soudain craqué le voile qui lui dérobait tout cela, et tout en lui s'était crispé.

Avait-il un moment songé à Sarah Lehmann? Il n'eût pu le dire.

S'était-il parfois arrêté à la pensée de Mlle Brunnel?

Il pouvait en toute sincérité s'avouer que non.

Jamais l'institutrice de son fils n'avait fixé son attention en ce sens. En réalité, il n'avait fait que la subir jusqu'ici, et la réflexion de son ami, sans éveiller en lui le moindre sentiment, le rendit cependant plus fermé et plus distant encore que par le passé.

Et doucement, jour après jour, mois après mois, marquée par les progrès que faisait André, la vie s'écoulait, un peu monotone sans doute, dans ce petit village de Chavette-Saint-Brice, où rien ne venait faire diversion, mais en somme relativement heureuse pour tous.

Le vide qu'avait laissé Mme Leverby s'était peu à peu comblé. André avait repris depuis longtemps son entrain et sa santé, ce qui faisait s'épanouir le bon Dr Chaumet, qui l'appelait son franc-luron. Clémence ne s'inquiétait plus des *idées* de son maître, maintenant que M. Leverby ne quittait plus le pays et que « l'araignée » n'avait plus reparu. Tout paraissait au mieux, quand un événement qui avait une certaine importance vint changer la face des choses.

XVIII

A dix kilomètres environ de Chavette-Saint-Brice, de l'autre côté de la Chave, par delà le grand bois dont on voyait du haut de la côte moutonner la cime, où toute la gamme des verts se confondait, se trouvait Rieuse.

Renseigné sous la rubrique 600 habitants, recette, poste, télégraphe, Rieuse, paisiblement assoupi dans le vallonnement de ses deux montagnes, au bord de la jolie rivière dont il portait le nom, ne comptait sur la carte de France qu'en raison de l'antique abbaye qui le dominait.

C'était un vieux petit village, d'accès assez difficile, le chemin de fer l'ayant oublié, et, comme Chavette-Saint-Brice, il était desservi par le courrier.

Aussi vieux que son abbaye, Rieuse portait la trace de longs siècles écoulés, mais, tandis que le temps avait délavé les pierres de ses demeures, enlierré çà et là un pignon, verdi les chaumes, donnant à tout l'ensemble un air vétuste et décrépit, il en avait agi tout autrement à l'égard de l'antique monastère.

Il n'y avait mis ni la mousse ni le lierre, qui sont comme les rides de la pierre, mais il s'était complu, eût-on pu dire, à en caresser les ogives, qui avaient pris des tons moelleux, à ombrer les corniches de larges coups d'estompe et à donner aux chimères des gargouilles un ricanement plus noir. Il avait procédé en cela avec une sorte de déférence, comme lorsqu'il travaille le vin des vieux celliers.

L'abbaye de Rieuse était une merveille de ces temps reculés, où l'homme pétrissant la pierre lui insufflait une âme et la faisait parler.

Poème de granit, il célébrait la foi de ces bâtisseurs qui voulaient que la prière eût des asiles dignes de Celui à qui elle s'adressait.

Après cinq siècles d'existence, le monastère de Rieuse avait été comme tant d'autres traversé par la tourmente révolutionnaire. Son sanctuaire avait été profané, ses cloîtres dévastés, ses dépendances, ses prés, ses bois, ses champs avaient été morcelés, mais la grande symphonie de pierre n'avait rien perdu de son imposante harmonie.

Rieuse, très fier déjà des deux petits ponts de pierre sous lesquels murmurait sa rivière, ponts portant gravés sur un écusson la crosse et la mitre des anciens abbés, avait un vrai culte pour son monastère dont les grandes fenêtres, étincelant au soleil levant, le couvaient d'un regard ami.

Après un long silence, la vie avait enfin repris derrière les vieux murs gris; les cloîtres si longtemps déserts s'étaient animés, et sous les deux clochers de la belle basilique, tels deux doigts bénisseurs levés vers l'infini, se mouvait une jeunesse exubérante qui doublait la population du pays.

D'humbles Frères étaient arrivés, et là, où autrefois ne montait que le lent murmure de la psalmodie sainte, ils avaient établi un collège qui prenait les enfants à l'âge du ba-be-bi-bo-bu et les conduisait au baccalauréat.

Alors, sous les ogives géminées, semblables à des mains qui se seraient jointes pour s'unir à la prière des anciens abbés, plana ce bruissement joyeux de ruche pleine qui étonna les vieux chapiteaux.

Et cela durait depuis soixante ans déjà.

Le collège était devenu pour le village une sorte de maison de famille.

On avait recours au Frère infirmier qui allait visiter les malades, le Frère cuisinier faisait le bouillon et préparait de petits plats pour les convalescents.

Fr. Isidore avait ouvert un cours d'agriculture, et tous les dimanches, après les vêpres, il réunissait les cultivateurs.

Fr. Saint-Jude, qui avait fait son droit, y allait de ses conseils, et s'employait à faire éviter les procès. Si l'on avait une lettre un peu embarrassante à rédiger, il y allait de sa belle écriture, et vous la *tirait* si bien que l'on eût cru que c'était parlé.

Rieuse, perdu au bout du département, était vraiment un petit coin heureux.

C'est au milieu de ce calme, qu'un jour le tambour de village, après le roulement de rigueur, annonça quelque chose d'ahurissant.

Les gens de Rieuse avaient bien entendu parler de nouvelles lois, ils savaient vaguement que certaines mesures avaient été prises de différents côtés, ils savaient qu'il avait été question de fermeture de couvents, de départ de moines et de religieuses, mais jamais ils n'avaient pensé qu'il pût, à un moment donné, en être de même pour leur collège.

Et c'était cela cependant qu'avait annoncé le père Taupin.

Comme les moines, comme les religieuses, les pauvres Frères devaient s'en aller.

On était au commencement de septembre, les élèves étaient en vacances, le collège ne devait pas se rouvrir à la rentrée d'octobre.

Et il en fut ainsi.

Le vieux monastère retomba dans le grand silence d'où il était sorti pendant plus d'un demi-siècle, et le pauvre village de Rieuse se trouva comme orphelin.

Un an, deux ans s'écoulèrent. On parlait de liquidation, d'attribution.

A différentes reprises, une Commission était venue inspecter les locaux, mesurer les cours, les jardins, puis était repartie emportant des notes et des croquis, quand soudain l'autorité académique prit une détermination des plus inattendues.

XIX

— Ah! saprejeu! ce n'est pas ça que tu veux me dire, je suppose?

Et le Dr Chaumet, le buste renversé, les bras croisés, dévisagea M. Leverby avec l'expression du plus complet ahurissement.

C'était si bien « ça », cependant, que M. Leverby, une sorte de confusion lui flottant dans le regard, ne sut que répondre.

Dans le jardin, sur la grande pelouse, André jouait en ce moment au croquet avec Mlle Brunnel, et les coups de maillets, se succédant irréguliers, arrivaient par la grande fenêtre du bureau, semblant marteler le silence qui s'était soudain établi entre les deux interlocuteurs.

M. Leverby, assis dans son fauteuil tournant, faisait face à la fenêtre ; Chaumet, debout, ne perdant pas un pouce de sa taille, le dévisageait de haut, un peu narquois.

— Mais c'est de l'aberration, si pas de la folie, éclata le

Dr Chaumet, se baissant et se relevant nerveusement en une légère cassure des genoux ; ton état mental mérite vraiment que l'on s'y arrête; tu relèves en ce moment de l'aliéniste, mon pauvre ami.

— Eh! que veux-tu que j'y fasse, hasarda timidement M. Leverby.

— Te soigner d'abord, fit Chaumet, tenant à son point ; c'est un cas purement pathologique, qu'il est urgent de déterminer et de traiter énergiquement. Veux-tu que je t'envoie Rigault, il en a sauvé de plus atteints que toi, fit-il ironique.

— Tu es méchant, Chaumet.

— Méchant?..... Mais ne me fais pas dire que tu n'es ni plus ni moins qu'un monstre, hein? Laisse-moi te croire sous le coup d'un certain dérangement de tes facultés, et dis-toi bien que je suis le meilleur des hommes, au contraire!

— Je suis très embarrassé, gémit Leverby.

— Mais je te crois! Ah! fichtre, oui, je te crois! Avec ta satanée politique, tu t'es mis dans un cas stupide, avoue-le. Ta vie privée, dans ce qu'elle a de plus sacré, va, du jour au lendemain, se trouver perturbée, pour, disons le mot, une misérable question de boutique! Te voilà, c'est le cas de le dire, au volant de direction d'une machine que tu ignores absolument; elle ronflera bien un moment, elle trépidera, tu réussiras peut-être à l'embrayer, mais que feras-tu si le moteur manque d'essence? L'inévitable panne t'attend, mon pauvre ami; seul un fou peut se laisser mettre en semblable posture. Rigault te fera du bien, crois-moi, il s'y connaît. Ah! s'il n'y avait que toi en jeu, je crois bien que je te dirais: vas-y si ça t'amuse, mais tous les risques sont plutôt pour ton enfant.

— André ne courra pas plus de risques que beaucoup d'enfants de son âge, fit mollement Leverby.

—Ah! diable!

Cette fois, le Dr Chaumet eut besoin de reprendre longuement son haleine, car il était vraiment suffoqué.

— Tu es un citoyen-père ineffable, ma parole, te voilà Brutus dans toute l'acception du mot. Tu rétrogrades, mon vieux, notre république n'a rien de la république romaine, et ce n'est pas cela, crois-moi, qui fera passer ton nom à la postérité. Ah! ton André ne courra pas plus de risques que les autres !..... Tu es amusant. Ainsi tu crois que ton fils, parce qu'il a bon pied, bon œil, est une colonne de résistance ? Tu crois qu'il pourra se mesurer avec l'enfant du mastroquet du coin, qui a tout vu, tout entendu et qui a déjà dégusté des « perroquets » et des « mêlés cassis » ?..... avec l'enfant du moulin, qui fait sa société des vachers, et est maraudeur comme un renard ? Ah! tu crois ? Mais sache donc bien qu'au moral comme au physique ton fils est une faiblesse en comparaison de ces petits individus qui sont de toutes pièces armés pour la vie déjà. Je sais que l'on parle d'égalité, mais peut-on l'établir entre un enfant qui quittera sa couchette de plumes pour s'étendre tout grelottant sur un lit de varech, et un autre qui abandonnera sa paille pour ce même lit de varech, qui lui paraîtra du duvet ?..... Note bien que c'est plutôt au figuré que je parle, et le varech moral est très dur et très froid. Des procédés que les autres enfants, déjà aguerris, trouveront très doux, sembleront de la rigueur à ton pauvre petit et le briseront. L'égalité, vois-tu, c'était à toi à l'établir, en élevant ton fils, dès le berceau, comme l'enfant du charron ou du toucheur de bœufs afin qu'il ne soit pas dans un état d'infériorité vis-à-vis d'eux.

— On m'a garanti que ce collège.....

— Dis franchement lycée, voyons, interrompit Chaumet, c'est-à-dire une espèce de caserne, où ton pauvre petit soldat de six ans va devoir marquer le pas pendant des années. Tu sais mes idées, je suis aussi bon républicain qu'un autre, mais je dois convenir que s'il s'agissait encore des Frères, je me montrerais moins récalcitrant, bien que je n'aime pas la pension pour André. Les Frères, quoi qu'on dise, ont l'art de diriger les enfants. Ils leur donnent l'instruction et l'éducation par devoir et, disons-le, avec amour sans rien attendre en retour. Ils ne sont pas comme nos primaires, les yeux toujours levés vers la timbale à décrocher. Tiens, mes premières années se sont passées parmi eux, eh bien! celui qui m'a appris à lire et à écrire était licencié ès lettres, et il est mort à la tête de sa petite classe, après avoir, pendant quarante ans, fait ânonner des gosses.

— L'inspecteur d'Académie assure un personnel de premier choix, fit observer M. Leverby.

— Accordé..... C'est toujours mieux que rien, cette assurance, mais la masse des élèves, y as-tu pensé ? Les Frères avaient le soin de se montrer très difficiles et d'éliminer les mauvais éléments; le lycée à créer a besoin de figurants, il préfère le nombre à la qualité, on va donc accueillir avec enthousiasme tous ceux qui répondront à l'appel de la grosse caisse, et ce sera au cri traditionnel de « entrez, entrez, la vue n'en coûte rien, on ne paye qu'en sortant » que s'ouvriront les portes. Ton fils, mon cher, sera le phénomène de la baraque.

Le plat de la main de Chaumet s'appliqua amicalement sur l'épaule de M. Leverby.

— Tu réfléchiras encore, promets-moi de réfléchir, au moins.

M. Leverby fit un grand geste des deux bras.

— Tu prends aussi bien tragiquement la chose, murmura-t-il ennuyé. Un peu plus tôt, un peu plus tard, ne faudra-t-il pas en venir là?.....

— Minute!..... il y a une petite différence, me semble-t-il, entre plus tôt et plus tard ; André n'a que six ans ; avec son institutrice il peut encore jouir pendant cinq ou six bonnes années de la vie de famille, ton « un peu » me semble d'un euphémisme hasardé.

André rentrait ; sa jolie voix claire éclatait joyeuse dans le grand hall, annonçant à son ami Chaumet, qu'il venait d'apercevoir par l'entre-bâillement de la porte, les points qu'il avait gagnés.

— Et si tu avais vu, mon vieux « tonton », comme j'ai à trois reprises croqué « Bonne Amie »! Sa boule a roulé jusque dans l'allée des sapins!

Chaumet était bien le « tonton » d'André ; vieux garçon, il aimait de jouer à l'oncle avec le cher petit qu'il avait vu naître, et, ce jour-là, quand l'enfant, comme il en avait l'habitude, vint se jeter dans ses bras, il l'étreignit plus affectueusement, comme s'il eût voulu le défendre contre le danger dont il le savait menacé.

XX

Pourquoi M. Leverby eût-il réfléchi, maintenant qu'il s'était engagé dans l'affaire, au point qu'elle était pour ainsi dire un fait accompli?

A la suite de rapports très détaillés de différentes Commissions et sous-Commissions qui s'étaient, au cours des derniers mois, rendues sur les lieux ; après de longues délibérations auxquelles avaient pris part le ban et l'arrière-ban de l'enseignement primaire, moyen et supérieur, l'Etat, cédant enfin à des sollicitations réitérées et influentes, avait, d'accord avec l'autorité académique, décidé l'établissement d'un lycée à Rieuse.

Venant en lieu et place de l'ancien collège des Frères, ce nouveau lycée, pour lequel on devait recruter « un personnel de choix », était appelé à servir de citadelle à l'enseignement laïque, dans cette partie du département.

Matériellement, tout s'y prêtait.

Les locaux vastes, bien aérés, bien aménagés, les cours de récréation spacieuses et bien macadamisées, le jardin très étendu s'offraient admirablement pour la création d'un établissement de tout premier ordre, réunissant toutes les conditions requises.

Seulement, les populations des villes et des villages avoisinants, restées, en dépit de leur apparente apathie, très attachées aux bons Frères, pourraient ne pas voir la chose sous un jour favorable. Il fallait s'attendre à ce que le nouveau lycée n'éveillât aucun enthousiasme les premiers temps, et il y avait lieu de craindre que les quelques élèves que l'on parviendrait à recueillir tinssent par trop au large dans cette grande maison.

Or, il fallait par tous les moyens conjurer cette sorte de défaite ; c'était un point sur lequel le gouvernement avait beaucoup insisté, n'hésitant pas à déclarer que les responsables auraient à justifier du non-succès de l'entreprise, si un échec se produisait.

La Fédération républicaine de l'arrondissement, s'éveillant de la torpeur où l'avait plongée la défaite de son candidat aux dernières élections, avait immédiatement convoqué les délégués de tous les Comités et sous-Comités blocards de la région, et avait, après mûre réflexion, élaboré un programme à la tête duquel figurait une tournée de conférences.

M. Leverby avait naturellement été désigné pour les avant-postes; sa parole facile, l'art qu'il possédait d'empoigner son auditoire, l'indiquaient tout particulièrement. De plus, son grand talent d'assimilation en faisait une sorte de Protée très convaincu; il pouvait avec la même chaleur, le même enthousiasme, incarner des idées différentes, selon que le besoin s'en faisait sentir, réussissant à prouver que toutes étaient la bonne.

Très généreux de sa blague, qui, en somme, ne lui coûtait pas grand'chose, il avait accepté, et, en stratège avisé, marquait les différents points où il aurait à se déployer librement ou à se resserrer habilement en d'étroits défilés, quand, en bon Moloch, le parti républicain lui confia, non sans quelque hésitation, qu'il attendait un peu plus de son dévouement.

— Il est bien entendu que vous mettrez votre fils au lycée, lui avait un jour lancé le délégué Trichot, entre deux bouffées de son cigare.

Croyant à une plaisanterie, M. Leverby avait négligemment haussé les épaules.

L'autre, l'air détaché, le regard au loin, reprit très calme, comme si la chose ne faisait pas l'ombre d'un doute:

— Je comprends que vous vous soyez décidé ; le contraire eût, à mon avis, produit le plus désastreux effet.

Et comme, abasourdi, M. Leverby n'avait rien répondu.

— Sans cela, avait continué Trichot, il eût été inutile de vous mettre en campagne, vous nous eussiez nui dans la confiance que vous devez vous efforcer d'inspirer pour le nouvel établissement.

— Ah! ça, avait bougonné Leurquin, un autre délégué, tu ne vas pas faire la bégueule, je suppose ; tu choisirais vraiment mal ton moment.

Enfin, tous les bons républicains s'y étaient mis. Comme cela ne leur coûtait rien, ils avaient généreusement donné leur avis, et le pauvre M. Leverby, circonvenu de toutes parts, avait fini par se rendre à toutes les raisons qu'on lui avait fait valoir.

En conséquence, André devait, au mois d'octobre, entrer au lycée de Rieuse en qualité de pensionnaire.

Chaumet en avait été pour sa colère, Clémence pour ses redites, et « Bonne Amie », le cœur gros, s'était mise à préparer le petit trousseau.

Il ne s'agirait plus maintenant pour André de nouer impunément ses lacets ni de courir à travers la chambre. Plus d'histoires, plus de chansons; André ne s'endormirait plus la main dans celle de « Bonne Amie », couvé par le regard de ses beaux yeux.

Tout cela allait tomber avec « tite mère » dans un passé très doux, que peu à peu la brume des années envelopperait.

« Bonne Amie » avait l'amère impression de cela, elle redoublait de sollicitude à l'égard d'André, voulant, eût-on dit, qu'il emportât quelque chose de son âme dans ce grand désert moral qu'il allait traverser.

« Je te conduirai aussi loin que je pourrai t'accompagner », avait-elle promis à André, quand celui-ci, pour rejoindre sa « tite mère », lui demandait le chemin du paradis.

Elle n'avait parcouru avec lui qu'une bien courte étape, et le moment était venu de l'abandonner!.....

La petite main lui échappait!

Non plus par une de ces jolies feintes qui faisaient le plaisir de l'enfant quand « Bonne Amie » le poursuivait; elle glissait, glissait, maintenant, la petite main, et jamais plus la douce main de « Bonne Amie » ne pourrait l'étreindre comme par le passé!

XXI

Cette idée du lycée n'était pas cependant sans causer un réel émoi à M. Leverby.

Comme l'avait bien dit Chaumet, sa vie privée allait du jour au lendemain se trouver perturbée. Pour rien au monde il n'en eût convenu, moins encore avec Chaumet qu'avec tout autre, et il se raidissait dans un stoïcisme de surface dont il souffrait.

Les cinq ou six bonnes années de vie de famille sur lesquelles André eût été en droit de compter, il les lui retranchait avec la cruauté implacable d'un destin malfaisant, et le regard confiant de l'enfant, son joli rire abandonné, ce titre de « petit père » qu'il lui donnait en caresse, faisaient l'effet d'un remords à l'âme de M. Leverby.

Pauvre petit André! il allait très probablement voir maintenant les yeux gris et les lunettes qu'il redoutait tant autrefois; il entendrait de grosses voix, on le laisserait peut-être tout seul dans le noir, et quand il aurait du chagrin, il devrait pleurer tout bas, à petits coups, comme pleurent les orphelins; car il n'y aurait plus ni « tite mère », ni « Bonne Amie » pour le consoler.

Il n'y aurait plus même le bougon familier de la vieille Clémence pour secouer amicalement ses tristesses.

Toutes ces pensées ennuyaient passablement M. Leverby, et il en était une autre qu'il osait à peine s'avouer et qui ne leur cédait en rien.

André parti, la présence de Mlle Brunnel n'aurait assurément plus sa raison d'être, et M. Leverby se rendait compte du vide que son départ causerait.

Le sujet n'avait pas encore été abordé ; M. Leverby redoutait lui-même que, la moindre chose y faisant allusion, la question se trouvât soudain tranchée ; or, elle ne pouvait être tranchée que d'une seule façon.

Mlle Brunnel ayant été engagée pour être l'institutrice d'André, il était évident qu'une fois l'enfant au lycée, sa place n'était plus chez M. Leverby.

Maintenant qu'insensiblement elle avait pris la direction de la maison, et que Clémence, autrefois si jalouse de ses droits, n'eût rien fait sans la consulter, la chose paraissait pleine de conséquences.

En réalité, elle avait l'œil et la main à tout et vaquait à une foule de menus soins qui ne sont la plupart du temps que d'infimes détails, mais font, réunis, le charme de l'existence.

André n'était plus seul maintenant à penser que la maison était comme au temps de « tite mère », car M. Leverby en avait à cette heure l'intime conviction, et Clémence était sérieusement de cet avis.

. . . .

— Ben là, fit-elle un jour un peu timidement, au moment où elle apportait le courrier du matin à son maître, c'est pas pour dire, mais esque, si le p'tit va au lycée, Mademoiselle restera à la maison?

Les manches retroussées sur ses gros bras rugueux, les mains posées à plat sur le devant de son large tablier de toile bleue qui lui engainait les hanches, les coudes écartés, les lèvres entr'ouvertes comme pour happer la réponse, Clémence, une supplication dans le regard, attendait un peu inquiète, de l'air d'une personne qui vient de lancer quelque chose au hasard, et qui ne sait pas où cela retombera.

M. Leverby, qui, depuis un certain temps, tournait et

retournait cette question sans pouvoir la résoudre, haussa les épaules, et avec une légère hésitation, sur ce ton que l'on prend pour demander un avis, sans cependant en avoir l'air :

— Dame, fit-il, le regard subitement intéressé par le bouchon en cristal taillé de son encrier, elle n'aura plus rien à faire, ce me semble?

— Plus rien à faire, juste Dieu ! s'exclama Clémence, dont les petits yeux s'écarquillèrent démesurément. Plus rien à faire ! répéta-t-elle, joignant les mains, comme si elle prenait en pitié l'ignorance de son maître en ce qui concernait les multiples détails d'une maison. Seigneur ! c'est à se demander ous que les hommes ont leurs yeux, ma parole ! Mais vous ne voyez donc pas qu'elle est partout à la fois, la bonne gent ?..... Et que c'est comme je l'dis et comme d'autres vous le diront. Vous ne savez donc pas que depuis qu'elle est ici il n'y a plus de compte de blanchissage, parce que j'ai le temps de faire moi-même les savonnages, tandis qu'elle veille à la cuisine? Et qu'elle s'y entend, je n'vous dis que ça, pas de crainte qu'elle oublie quéque chose, j'en réponds. Vous ne remarquez donc pas que si vos cols et vos manchettes sont si bien polis, vos chaussettes ravaudées comme qui dirait du neuf, vos flanelles reprisées, c'est qu'elle fait tout ça ! Ah ! bonté ! Plus rien à faire !

Non, M. Leverby n'avait rien remarqué de tout cela. Compte de blanchissage, cols, manchettes et le reste le laissaient absolument indifférent, et cependant, il sentait peut-être bien plus que Clémence que Mlle Brunnel était partout à la fois dans la maison.

— Et puis, reprit Clémence avec un nouvel entrain, pendant que j'ai eu mon panaris, qui donc qu'arot tout fait dans la maison, et qui m'arot soignée comme si ça serait une ma Sœur de l'hôpital, et cor passé des nuits à me dodeliner, comme je l'avions jamais été? Le Dr Chaumet l'a dit bien des fois, il n'en revenait pas, le brave homme ! Non, mais là, fit-elle, s'attendrissant et essuyant du coin de son tablier ses yeux qui commençaient à papilloter à cause des grosses larmes qui les remplissaient tout à coup, c'est comme j'le dis, la maison, ma foi, ce sera cor comme après la mort de la pauvr' Madame, tandis que ce serait si facile, pardi, que ça aille tout autrement !

M. Leverby, qui d'ordinaire ne pouvait supporter deux phrases de Clémence, subissait avec une patience qui eût dû en toute autre circonstance sembler singulière à la grosse cuisinière tout ce qu'elle lui débitait ce matin-là, mais elle était trop absorbée par son sujet, la pauvre fille, pour remarquer l'attention insolite que lui prêtait son maître.

Il avait enlevé la bande à un prospectus, et machinalement la roulait dans ses doigts, tandis qu'un pli profond, le pli des gros soucis, se creusait au-dessus de ses lorgnons.

Car M. Leverby avait un pli tout particulier que connaissait Clémence, un pli qui ne se montrait ni dans le mécontentement ni dans la colère, mais seulement quand une chose le touchait profondément.

— Ah ! oui, là, fit-elle enfin, semblant ramasser tout son courage dans un profond soupir, sorte de reprise d'haleine ; c'est pas à moi, vraiment, de dire cela, mais si Monsieur voulait, il ne tiendrait qu'à lui que le pauvre gosse ait encore une maman. C'est pas moi seule qui pense ainsi, allez, se hâta-t-elle d'ajouter ; on me disait encore hier au moulin que la demoiselle était tout ce qu'il y a de mieux, et que si des fois il devait y avoir un jour une autre Madame dans cette maison, ce serait à coup sûr elle qui ferait le mieux l'affaire, rapport au petit.

Et comme M. Leverby, roulant de plus en plus la bande du prospectus, continuait à garder le silence, et que le pli soucieux s'accentuait davantage, Clémence, se rendant enfin compte qu'elle en avait beaucoup dit en une fois, sortit à la façon de quelqu'un qui aurait allumé une mèche et qui veut être à distance au moment où la mine fera explosion.

XXII

Dans la cuisine, Clémence trouva Mlle Brunnel qui repassait les chemises du petit trousseau, des chemises montantes que marquait en coton rouge un petit numéro. Les broderies de « tite mère » où passaient de jolis rubans resteraient maintenant dans la grande armoire avec toutes les belles choses qu'André allait abandonner.

André, agenouillé sur une chaise à côté de l'institutrice,

les coudes sur la table, le menton dans ses mains, la regardait faire, un peu pensif, l'esprit tendu vers cet inconnu qui l'inquiétait et dont on évitait de lui parler.

Il y avait deux jours qu'il n'avait plus demandé d'histoires ; la veille, il s'était subitement endormi sans chanson, avant même qu'il fût entièrement déshabillé, et depuis le matin il avait à peine parlé.

L'enfant paraissait las, ses yeux étaient battus, ses petits pieds se croisaient et se décroisaient dans une sorte d'agacement, un malaise semblait l'envahir graduellement, et « Bonne Amie », qui le considérait de temps à autre à la dérobée, paraissait avoir un grand souci.

Elle eût donné beaucoup pour voir le Dr Chaumet, mais Chaumet, vexé du non-avenu de ses observations, tenait rigueur à M. Leverby et n'apparaissait plus dans la maison.

Elle avait prié M. Leverby de le faire venir, mais il s'était montré sceptique, trouvant que Mlle Brunnel s'alarmait à tort; et, comme l'enfant avait accepté la partie de ballon qu'il lui avait proposée et s'y était animé, M. Leverby avait été rassuré.

Au fond, il n'était pas fâché d'éviter cette démarche près de Chaumet qu'il redoutait un peu.

— Tu n'as pas déjeuné ce matin, dit enfin Mlle Brunnel, comme elle repliait la dernière chemise, ne veux-tu rien prendre, mon petit André ? Veux-tu une orangeade, une crème ? quelque chose de très bon que je ferai exprès pour toi ? proposa-t-elle, une sollicitude inquiète au fond de la voix.

L'enfant eut un sursaut, on eût dit qu'il s'éveillait à quelque chose de très pénible, et il fixa sur « Bonne Amie » un regard étonné, comme s'il venait d'être rappelé de très loin.

— J'aime pas le long pantalon et la blouse noire, fit-il avec un soupir d'ennui, en se passant la main sur le front.

Il y avait huit jours qu'il parlait de ce pantalon que le tailleur était venu lui essayer. On avait eu beau lui faire remarquer qu'il avait de jolis passe-poils rouges et des poches, l'enfant, habitué à ses petites culottes bouffantes, n'avait rien voulu entendre.

— Je pourrai pas relever mes chaussettes et tirer sur mes lacets, avait-il déclaré, et ça va frotter sur mes jambes.

Si la tunique à boutons dorés avait trouvé grâce devant lui, en raison de la petite poche destinée à la montre que son père lui avait promise, par contre, le long sarrau en anacoste, qu'il devrait porter avec un ceinturon de cuir, lui faisait horreur, et ce sarrau avait, à l'égal des yeux gris et des lunettes, hanté son sommeil d'enfant.

Une tristesse traversa le regard de « Bonne Amie »; pas plus qu'André, elle n'aimait le long pantalon et la blouse noire, et son cœur s'était serré à la vue de ce travestissement.

C'était donc cela que le lycée allait faire du « trésor » de « tite mère » ?

Depuis huit jours aussi, les mains de « Bonne Amie » tremblaient un peu quand elles brossaient les longs cheveux d'André, ces beaux cheveux que « tite mère » avait tant baisés, et qui gardaient à l'enfant son air de tout petit.

— Il faudra couper ça, avait dit le tailleur en posant le képi sur la tête de l'enfant.

Ce *ça* pour désigner les jolies boucles dont chaque anneau encerclait un souvenir de tendresse avait fait mal à « Bonne Amie ».

— Oh ! on a le temps, avait-elle tristement répondu, et ses longues mains blanches avaient d'un geste caressant relevé la chevelure sous le képi.

Alors la petite nuque était apparue toute blanche, toute délicate, avec son creux un peu profond, et le petit cou frêle où de minces tendons frémissaient lui avaient fait l'effet du cou d'un petit oiseau déplumé.

Malgré tout l'empire qu'elle avait sur elle-même, « Bonne Amie » s'était mise à pleurer.

Clémence qui, silencieuse, assistait à cette scène, s'était enfuie en reniflant, et, depuis huit jours, ni elle ni « Bonne Amie » n'osaient se regarder.

— Veux-tu une petite crème? insista Mlle Brunnel.

L'enfant fit de la tête un grand non, et glissant sa main dans celle de « Bonne Amie » :

— Viens dans ma chambre, tu me chanteras et je dormirai, fit-il en l'entraînant.

* * * * * * * * * * * * * * * * * *

André dormait quand le tailleur apporta son petit uniforme de lycéen.

Avec beaucoup plus de raison que le jour de l'arrivée de

Mlle Brunnel, Clémence jugea que le pauvre petit « avait le temps de savoir que ça était là », et prenant le grand carton qui, très probablement, lui fit l'effet du cercueil de toutes les joies du pauvre enfant, elle alla le porter au grenier.

XXIII

Il faut croire que ce jour-là les nouvelles, de quelque nature qu'elles pussent être, n'avaient aucun intérêt pour M. Leverby, car, dans la soirée, Clémence, qui venait pour fermer les croisées, trouva le courrier intact sur le bureau de son maître.

— Quéque chose lui tourne les idées, pour sûr, se dit-elle, hochant la tête d'un petit air très convaincu. Ça, il n'y a pas à dire, mais pour qu'il laissiont comme ça toutes ses gazettes, lui qu'est curieux comme un écurieul, faut tout de même.....

Elle se baissa pour ramasser au pied du fauteuil la bande de prospectus qu'avait fébrilement roulée M. Leverby, et l'ayant jetée dans la corbeille à papiers :

— Ben là, fit-elle, ce serait tout de même bien à l'après de ce que je lui avons dit ce matin, mais, ma frique, ce qui étont dit étont dit, et c'est pas moi qui m'en dédirons. Ah! non, pour sûr, et il en fera ce qu'il voudra, j'avons parlé pour un bien. Dame !..... Et ce ne serait pas si bête, après tout, conclut-elle en appliquant un vigoureux coup de la paume de la main sur une des crémones qui ne voulait pas remonter. Ah! mais non, que ce ne serait pas si bête, quand on pense.....

Mais voilà, fit-elle, pensant soudain à Mlle Brunnel, elle n'a peut-être jamais eu cette idée dans la tête, la pauv'gent, et il faut cor voir si elle voudra !.....

* * * * * * * * * * * * * * * * * *

C'était probablement ce que redoutait M. Leverby, car, depuis le matin, les réflexions de Clémence lui étaient comme une obsession.

Non, certes, que les paroles de la vieille cuisinière lui eussent tout à coup découvert un horizon nouveau, car il n'avait pas été sans songer parfois à Mlle Brunnel pour reconstituer son foyer, mais, sans y prendre garde, Clémence avait soudain donné corps à ce que M. Leverby entretenait en lui à l'état d'idées vagues en vue d'un avenir plus ou moins lointain.

Bien plus, sans s'en douter, elle avait, en montrant cet avenir tout proche, mis, en quelque sorte, son maître en demeure de se prononcer dans un délai relativement assez court. En effet, puisque l'on était déjà à la fin d'août et qu'André devait entrer au lycée au commencement d'octobre.

Le pauvre M. Leverby se trouvait en ce moment vraiment acculé.

Les coudes appuyés sur son bureau, la tête enfouie dans ses mains, M. Leverby, après le départ de Clémence, était resté absolument déconcerté.

Pourquoi avait-il écouté sa vieille cuisinière ? De quel droit cette femme venait-elle ainsi brutalement jeter une lumière dans l'ombre confuse où il se complaisait depuis un certain temps ? Que venait aussi faire l'appréciation du moulin en ce qui concernait Mlle Brunnel, et comment pouvait-il s'y arrêter ?

Il se demandait tout cela, le pauvre Leverby, et il était contraint, non sans une certaine confusion, de reconnaître que s'il n'avait pas, à un moment donné, envoyé Clémence à tous les diables avec toutes ses rengaines, y compris le moulin, c'est que, précisément, tout s'accordait avec ce qui se passait en lui.

Malheureusement, ce que la bonne fille arrangeait en adroite cuisinière, à la façon dont elle eût lié une sauce, n'apparaissait pas, il s'en fallait de beaucoup, aussi facile à M. Leverby.

Tant que de loin il avait envisagé l'éventualité de son mariage avec Mlle Brunnel, il avait trouvé la chose très simple, toute naturelle.

En fait, M. Leverby n'était pas sans se rendre compte qu'outre ses agréments physiques, qui lui permettaient de rivaliser avec plus d'un, la large aisance qu'il pouvait offrir et le rang social auquel il pouvait élever une femme faisaient de lui un parti très enviable. En eût-il douté, du reste, que les recherchés intéressées dont il s'était vu l'objet l'eussent suffisamment édifié sur ce point.

En conséquence, l'idée que l'institutrice pourrait décliner l'honneur de devenir Mme Leverby ne l'avait pas même effleuré.

Maintenant que le moment était arrivé de faire cette démarche décisive, il hésitait.

Une foule de menus faits, passés autrefois pour ainsi dire inaperçus, une infinité de détails, jugés insignifiants jusqu'ici, lui revenaient maintenant à la mémoire, et il devait s'avouer que rien dans l'attitude de Mlle Brunnel ne l'autorisait à supposer que sa demande serait accueillie.

Très simple, très naturelle, jamais elle ne l'avait ni fui ni recherché. Jamais il n'avait découvert en elle le moindre émoi.

Très calme, et sans qu'il y eût de sa part une affectation quelconque, elle avait toujours été très indifférente à l'égard de M. Leverby, et il était aisé de s'apercevoir qu'il n'occupait aucune place dans ses pensées.

Appelée à donner ses soins à André, elle s'était vouée à cette tâche avec un dévouement au-dessus de tout éloge, donnant à l'enfant le meilleur d'elle-même, en sorte que le petit orphelin avait retrouvé en « Bonne Amie » la douceur et la tendresse de celle qui n'était plus.

Oui, comme le disait Clémence, Mlle Brunnel était tout maintenant dans cette maison où, peu à peu, elle avait pour ainsi dire reconstitué un foyer, où, sans qu'il y parût, elle était devenue le centre vers lequel, insensiblement, tout avait fini par converger. Aux yeux du moins averti, elle semblait bien l'âme en qui réside la vie et qui la communique.

Sans Mlle Brunnel, l'idée d'un foyer ne pourrait plus se concevoir chez M. Leverby, où chaque chose, eût-on dit, réclamait maintenant sa présence.

Oui, certes, « quéque chose tournait les idées » de M. Leverby ce jour-là, et c'était bien « à l'après de ce que lui avont dit » Clémence que, laissant là son courrier, il avait enfourché sa bicyclette et était parti tout droit à l'aventure, n'osant se retourner, dans la crainte, eût-on dit, de voir une foule de choses très ennuyeuses lui chevaucher en croupe.

XXIV

Il avait traversé Chavette-Saint-Brice dans toute sa longueur, avait péniblement gravi la côte d'où par-dessus le bois semblable à un vaste paquis aérien, pointaient les deux jolis clochers de Rieuse, puis il s'était laissé couler, avec la rapidité d'un projectile, sur la pente raide qui mène au Valblond.

Grisé par sa course folle, pris d'une sorte de vertige, il allait ainsi sans voir, tout entier à ces pensées qu'il voulait fuir et qui, maintenant, se confondaient et se heurtaient tour à tour dans son cerveau en ébullition.

André, le Dr Chaumet, Clémence, Mlle Brunnel, semblaient défiler devant lui comme des personnages de ballade, en une sorte de manège fantastique, et tous lui échappaient dans cette volte-volte maligne que semblait actionner la grande roue du moulin.

Dans un village, après le clocher, il y a le moulin.

Chavette-Saint-Brice, en bon village lorrain, ne différait guère des autres villages. Son moulin, comme tous les autres moulins, s'il n'avait pas les avantages du prône, avait cependant, comme tous ses congénères, les bénéfices d'une certaine autorité, et si Clémence s'en était réclamée, ce n'était pas sans raison.

L'opinion du moulin, c'était l'opinion du village et des environs.

Oui, certes, s'il devait « y avoir un jour une autre Madame dans la maison, ce serait, à coup sûr, Mlle Brunnel qui ferait le mieux l'affaire », non seulement « rapport au petit », mais encore en ce qui le concernait, lui, Leverby.

Une grande pitié l'envahit à la pensée de ce pauvre « petit soldat de six ans » à qui « il allait faire marquer le pas », comme avait dit Chaumet ; Mlle Brunnel, devenue Mme Leverby, aurait le droit de s'opposer au départ de l'enfant, et M. Leverby, se soumettant à cette douce autorité qu'il s'empresserait de reconnaître, ne perdrait ainsi rien de son prestige devant ses bons amis républicains.

Laissant Valblond sur le côté, il avait franchi la Rieuse à l'endroit où elle tombe en cascade sous un vieux pont enlierré et moussu, à deux pas du grand bois où elle allait se perdre sous le taillis. Il y avait plus d'une heure qu'il vaguait, et le soleil était déjà haut.

Il tira sa montre, haussa les épaules à l'idée du déjeuner qui l'attendrait en vain ce jour-là à Chavette-Saint-Brice, et, tournant le dos au grand bois, il se mit à rouler doucement sur de petit chemin qui, longeant la rivière, conduisait à la vieille abbaye de Rieuse.

Pourquoi allait-il ainsi vers l'ancien collège et futur lycée ? Il n'eût pu le dire, il s'y sentait comme porté, et, sans qu'il y prît garde, il se trouva soudain au pied des hauts murs gris qu'encerclaient maintenant des orties et des ronces.

M. Leverby eut un frisson et s'arrêta.

Orties et ronces, c'était Sarah Lehmann !

André au lycée, Mlle Brunnel partie, Chaumet lui tenant rigueur, Clémence, plus bougon que jamais, se cantonnant farouche dans sa cuisine, c'était pour lui l'isolement, l'abandon, le même silence de mort qui régnait maintenant dans le vaste jardin, d'où l'on voyait émerger les espaliers aux longs gourmands.

Il eut soudain la perception nette que Sarah Lehmann, ortie et ronce, allait envahir son existence en friche et ajouter à sa dévastation.

Ce fut une vision rapide, sans la moindre confusion, celle-là.

Avant lui, Sarah Lehmann avait prévu le départ de Mlle Brunnel, et nul doute qu'elle n'attendît que le vide se fût fait.

Il se sentit tout à coup encerclé, comme les vieux murs, par les ronces et les orties envahissantes, et tandis que, sous la poussée de révolte qui montait en lui, tout son être se crispait, l'Angélus de midi tinta dans le lointain.

Le son était très doux et planait comme un chant dans l'air recueilli. Le crissement de quelques grillons l'accompagnait, et c'était joli comme une joie.

M. Leverby, s'appuyant comme arc-bouté, les mains sur le guidon de sa bicyclette, écoutait charmé ; on eût dit que cette mélodie lointaine, berçant la confusion de ses pensées, le calmait peu à peu.

Volontiers il eût dit à la petite cloche, comme André le disait souvent à « Bonne Amie » : « Chante encore, j'aime ta voix », mais la petite cloche n'était pas « Bonne Amie », et elle se tut, tandis que le crissement des grillons se faisait plus strident.

Alors il sembla à M. Leverby que, blotties sous les ronces et les orties, les bestioles ricanaient.

Un beau liseron blanc piqué sur la crête du mur gris buvait le soleil à pleine coupe. A la vue de cette fleur immaculée, un nom très doux monta aux lèvres de M. Leverby, mais les grillons ricanaient toujours, et le liseron était trop haut !.....

Et M. Leverby, poussant sa bicyclette, prit une traverse qui le conduisait à l'auberge du village.

Jamais, peut-être, M. Leverby ne sut de quoi il avait déjeuné ce jour-là.

Il mangea jusqu'à ce qu'il n'y eût plus rien sur son assiette, but jusqu'à ce que sa bouteille fût vide, jeta une pièce blanche dont il oublia d'empocher la monnaie, et repartit dans la direction du bois.

Sa bicyclette à la main — M. Leverby n'aimait pas les chevauchées après ses repas, — il allait tête basse, tout entier à ses pensées, foulant distraitement l'herbe drue du petit chemin.

A l'angle du pont, sur la Rieuse, il rencontra Chaumet.

— Tu sais, lui cria le docteur, qui avait immédiatement arrêté son tilbury et s'inclinait vers lui avec un sourire d'une ironie provocante, j'ai vu Rigault, et il renonce à t'entreprendre, ton cas étant incurable, à son avis.

— As-tu fini, voyons ? fit Leverby visiblement agacé.

— Oui, puisque la Faculté a dit son dernier mot. La folie politique, vois-tu, n'a d'espoir de guérison qu'en une bonne dégringolade en toboggan jusqu'au bas de la côte. Cela peut arriver à un moment donné, car tout arrive, et, foi de Chaumet, j'irai te ramasser.

— Tu es bien bon.

— Moi ?..... Le meilleur des hommes, je te l'ai déjà dit. A propos, l'institutrice de ton fils va te quitter, je suppose ? fit-il, changeant subitement de ton, et une légère émotion faisant trembler sa voix.

— Cela t'intéresse donc ? demanda M. Leverby, soudain mis en méfiance et se cabrant quelque peu.

— Tu y verrais quelque inconvénient ? repartit Chaumet d'une façon un peu trop significative ; en ce cas, mon cher ami, je serais bien fâché, mais....

— Je ne te comprends pas.

— Il n'est pas nécessaire que tu me comprennes, j'ai eu

moi-même très difficile à me comprendre jusqu'ici. Que veux-tu, il arrive un moment où l'on peut trouver que l'on a mal dévidé le peloton de sa vie, alors on cherche le bon bout, et, dame ! il se pourrait bien que je l'aie trouvé.

La petite barbiche du Dr Chaumet frémit légèrement sur le sourire malin qu'il essayait de dissimuler, mais sentant que ses yeux allaient aussi sourire, il rendit les rênes à son cheval qui l'emporta à fond de train.

Le bruit des roues sur les cailloux du chemin s'était depuis longtemps perdu au loin, que M. Leverby, toujours appuyé contre le parapet du petit pont, restait là ahuri.

— Diantre ! murmura-t-il enfin entre ses dents serrées, et après cela il osera encore prétendre que c'est moi qui suis fou ?..... Fou !..... Eh ! peut-être en cela le suis-je vraiment, car je lui laisse le champ libre.... Ah ! Chaumet, Chaumet, qui aurait jamais cru que le « vieux tonton » d'André eût de semblables idées ?..... J'écrirai à Madeleine, fit-il résolu.

Et il sauta en selle.

. . . .

Pour M. Leverby, c'était une chose très délicate que d'écrire à Mme Peyras.

Madeleine était très attachée à Simone, elle ne comprendrait pas que M. Leverby pût si tôt songer à la remplacer, et elle s'étendrait en récriminations, sinon en sarcasmes mordants.

Car elle savait être mordante, la gracieuse Madeleine. Femme très intelligente, elle avait le coup d'œil prompt, la parole facile et la plume coulante. Tout dépendait de sa façon d'envisager la chose.

M. Leverby la redoutait un peu, mais elle seule pouvait le renseigner.

Qui sait aussi si, comprenant la situation, elle n'aurait pas pitié de son beau-frère.

Bonne chrétienne, elle parlerait selon sa conscience, et ses sentiments personnels ne viendraient qu'au second plan.

Un peu réconforté par cette dernière considération, M. Leverby, avec cette hâte fiévreuse des décisions sur lesquelles on ne veut pas revenir, se mit, sitôt rentré, à écrire à sa belle-sœur.

XXV

— Tiens, tiens ! on sert donc de petits plats à Monsieur ? s'exclama au dîner M. Leverby qui vit Clémence, au moment du rôti, déposer sur l'assiette d'André un petit ris de veau soigneusement rissolé. T'es rien caressé, à ce que je vois, mon petit homme, et si c'est ainsi que l'on t'entraîne au régime du lycée !

Le « petit homme », dressé contre le dossier de sa chaise haute, les mains accrochées au siège, les épaules un peu montantes, considérait M. Leverby avec ce sérieux vague et cette indifférence qui dénotent une grande tension d'esprit.

Avait-il entendu son père ? Le voyait-il, seulement ? Il n'y paraissait pas, et, se tournant de côté, il regarda distraitement Clémence qui s'en allait en maugréant.

— Oh ! l'entraînement n'est pas en question pour le moment, fit, avec une légère nuance de contrariété, Mlle Brunnel, dont le regard soucieux enveloppait l'enfant. Non, vraiment, André a même besoin d'être suivi de très près en ce qui concerne la nourriture ; plus rien ne lui agrée, il dédaigne tout ce qu'on lui sert et il n'a pas voulu de son chocolat ce matin.

— Ah ! bah ! fit, incrédule, M. Leverby, n'est-ce pas un peu de caprice, cela ?

— Je ne pense pas, Monsieur, il a été un peu accablé cette après-midi. Enfin, j'espère que cette petite bouchée en dehors de l'ordinaire lui rendra un peu d'appétit.

M. Leverby sourit, amusé de l'intérêt que l'institutrice témoignait à son enfant. Cela s'accordait admirablement, faut-il croire, avec le nouveau cours que venait de prendre ses pensées, car la voix empreinte de cette jovialité et de cette assurance de l'homme pleinement satisfait sur qui l'inquiétude semble n'avoir aucune prise :

— Ah ! mais cela, ne sois pas malade, hein ?..... Non que non, « petit père » n'entend pas de cette oreille-là ! Eh ! qu'aurais-tu, voyons ? fit-il en se servant une tranche de gigot qu'il avait eu soin, en vrai gourmet qu'il était, de choisir coupée dans le bon fil, comme il disait.

— Mais rien, petit père.

— Pourquoi ne manges-tu pas ?

Un ennui passa dans le regard de l'enfant.

— J'ai pas faim ! exhala-t-il dans un soupir.

— Bah ! Bah ! c'est une idée, cela, l'appétit vient en mangeant, mon petit. Que feras-tu donc au lycée ? Si tu crois que l'on t'y servira beaucoup de léchades, tu te trompes !

André, les yeux un peu trop brillants, estompés d'un cerne bistre qui en avivait l'éclat, regardait son père avec un sourire forcé qui étirait d'une façon pénible sa petite figure un peu pâle.

— C'est longtemps que je resterai au lycée ?

— Longtemps ?..... gronda M. Leverby, longtemps ? Tu n'y es pas encore, que diable ! et tu penses déjà à le quitter ?

— Non, mais est-ce que j'y resterai toujours ?

— Allons, voyons, on ne reste pas toujours au lycée. D'abord, il y a les vacances, qui sont passablement longues, puis, quand tu seras grand, que tu auras fini tes études, tu feras comme petit père qui, aussi, a été au lycée à ton âge et ne s'en est, ma foi, pas trop mal trouvé.

— Alors..... alors, fit angoissé le pauvre enfant qui suffoquait, alors, c'est jusqu'à ce que je sois grand ?...... grand comme toi, petit père ?...... Et je ne verrai plus « Bonne Amie », tous les jours, et je ne l'entendrai plus jamais chanter, et plus jamais elle ne me contera des histoires ?...... Jamais ?....., jamais ?......, jeta-t-il en un cri de désespérance infinie.

Il s'était animé, de grosses larmes roulaient sur ses joues enfiévrées, et la main qu'il avait posée sur celle de Mlle Brunnel brûlait comme du feu.

L'institutrice avait pâli. Elle jeta sur M. Leverby un regard éperdu où se lisait une prière intense d'épargner cet être frêle dont elle sentait tout l'organisme comme ébranlé par une émotion trop forte, et d'autorité, agissant comme le ferait une mère dont les droits sont imprescriptibles :

— Ne crains rien, mon chéri, ne pense pas au lycée, il y a encore du temps d'ici à la rentrée.

— Longtemps ? demanda-t-il la voix pleine de sanglots.

— Oui, un mois, c'est quelquefois bien long un mois, ajouta-t-elle pensive, il peut arriver tant de choses en un mois ! Ne pleure plus, voyons, fit-elle caressante en essuyant les larmes de l'enfant, et essaye de manger pour me faire plaisir.

C'était ainsi que « tite mère » parlait à « son trésor » autrefois, quand « le trésor » n'avait pas faim.

André sourit tristement à ce souvenir, sans doute, et, faisant un effort, il piqua machinalement de sa fourchette un morceau de ris de veau et le porta à sa bouche.

Mais, avant même qu'il y eût touché du bout des dents, il pâlit, et avec un dégoût insurmontable :

— Oh! je puis pas, non, je puis pas!..... J'ai pas faim, vois-tu. Viens me mettre au lit, veux-tu ?

Un hoquet, sorte de nausée, avait secoué le petit, et, renversé sur le dossier de sa chaise, il tendit les bras à Mlle Brunnel.

Elle se leva précipitamment, prit l'enfant qui s'abandonna à bout de résistance, et, sans songer à lui faire souhaiter le bonsoir à son père, comme si, à ce moment, un souci autrement grave l'absorbait, elle l'emporta.

XXVI

Un peu interdit de cette façon d'agir si peu en rapport avec les habitudes calmes et polies de Mlle Brunnel, M. Leverby resta un moment songeur.

Le pli du matin lui barrait de nouveau le front, et après avoir longuement regardé les places vides d'André et de « Bonne Amie », il se versa un verre de vin qu'il avala d'un trait et précipita la fin de son repas.

A en juger par l'entrain qu'il mit à expédier le dernier hors-d'œuvre et le dessert, il était aisé de se rendre compte que les réflexions qu'il venait de faire devaient, à un point de vue particulier, être assez satisfaisantes.

De fait, ce qui venait de se passer jetait un jour tout nouveau sur la situation. C'était du moins ce que pensait M. Leverby, et il en tirait des conclusions tout à son avantage.

— Décidément, se disait-il, elle a pour André un attachement qui va jusqu'à l'exagération, ce n'est pas naturel: car, enfin, se trouver bouleversée de la sorte, elle toujours si mesurée, pour une simple grimace que l'enfant fait à table, me semble dépasser le sentiment qu'André peut lui inspirer.

Elle aime cet enfant comme si elle en était la mère, elle a bien pour lui les gestes et les inflexions de voix qu'avait ma pauvre Simone, elle le couve parfois du même regard, c'est étrange, et cependant.....

Soudain, un point d'interrogation se posa devant l'esprit de M. Leverby, et il sourit, tout en égrenant distraitement son raisin.

— André était son fils..... N'aimait-elle vraiment qu'André dans l'enfant?..... N'avait-il pas, lui, Leverby, une part dans cet attachement?.....

Mère d'André par le cœur et par l'âme, n'établissait-elle pas ainsi un lien qui l'attachait au père?

Pourrait-elle maintenant repousser ce père, s'il lui demandait de partager son existence et de rester vraiment l'âme de son foyer en devenant sa femme?

Quelque chose de très doux parut s'épanouir en M. Leverby à cette quasi-assurance ; quelque chose que jusqu'ici il n'avait jamais éprouvé.

Se reportant même à l'époque, peu lointaine encore, où il avait épousé Simone dans toute la grâce de ses dix-huit ans, il devait reconnaître que c'était un sentiment tout autre qui avait alors fait battre son cœur.

Il avait eu l'impression d'être tout pour cette femme encore enfant qui s'était confiée à lui. Il avait été heureux et fier d'être son appui, son soutien, d'être un peu le père de cette orpheline, si privée de tendresse jusque-là.

Ce que lui inspirait Mlle Brunnel était tout différent.

Comment donc jusqu'à ce jour l'avait-il regardée pour ne pas se rendre compte du charme tout particulier qui émanait de sa personne?

Comment n'avait-il pas compris cette sorte de vénération qu'elle lui inspirait? Comment ne s'était-il pas aperçu de la place que peu à peu, sans qu'il s'en doutât, elle avait prise dans sa pensée?

Et tout en humant à petites gorgées friandes le café que Clémence avait apporté, tout en tirant distraitement de son cigare des bouffées bleues qui l'enveloppaient comme une vapeur de rêve, M. Leverby songeait.

Il songeait à ce beau regard limpide et profond qui se posait en une enveloppante caresse sur son fils, à ce nom de « Bonne Amie » que l'enfant avait trouvé d'instinct pour désigner celle dont il se sentait aimé.

Que n'était-elle aussi sa « Bonne Amie » à lui! Et il en vint à envier jalousement la douceur que devait éprouver le petit orphelin à reposer sur ce cœur tendre et dévoué.

Oh! avoir des droits, lui aussi, à ce dévouement! Car le dévouement était, il le sentait, le fond de l'être de cette femme d'élite. Si « Bonne Amie » devenait son épouse, elle serait toujours avec lui un peu mère; il émanait d'elle comme une protection et elle ne pourrait se départir de ce rôle qui semblait inhérent à sa nature calme et empreinte d'une douce dignité.

Il avait aimé Simone de l'amour fort et protecteur qu'éprouve tout homme de cœur pour la femme de son choix, pour l'être délicat et frêle qui a besoin de lui.

Dans l'amour qui s'éveillait en M. Leverby pour la « Bonne Amie » de son fils, il y avait au contraire de la faiblesse et de la dépendance, il y avait ce quelque chose de l'enfant qui cherche un refuge, l'enveloppement d'une tendresse, le bercement d'une chanson.

M. Leverby aimait « Bonne Amie » à la façon d'André.

« Tu as de beaux yeux, une jolie bouche et j'aime ta voix », peut-être lui eût-il aussi dit cela s'il avait osé.

Dans le fond de son âme, il se sentit soudain tout petit, et cela lui parut très doux.

Se remémorant alors la lettre qu'il avait écrite à Mme Peyras, il en vint presque à la regretter. Ce lui était maintenant un ennui d'avoir introduit sa belle-sœur dans cette affaire, qui paraissait se simplifier.

Un peu mécontent contre lui-même, il analysa les termes dont il s'était servi, chercha les commentaires qu'ils pourraient soulever, en pesa le pour et le contre et s'arrêta à l'unique moyen de les réfuter, qui était d'aller droit au but, et de se déclarer au plus tôt, de façon à ce que les récriminations de Madeleine tombassent en présence d'un fait accompli.

Sept heures sonnèrent à la pendule.

M. Leverby se rappela tout à coup le courrier du matin qu'il avait négligé, et il se levait pour aller le chercher dans son bureau, quand la porte s'ouvrit doucement, livrant passage à

Mlle Brunnel, qui, de ce pas glissant et silencieux qui lui était propre, s'avança vivement vers lui.

Une certaine inquiétude contractait légèrement ses traits délicats, et dans ses beaux yeux bruns pailletés d'or des larmes brillaient.

Elle était belle en ce moment, belle d'une beauté toute particulière, avec quelque chose de tragique qui paraissait la grandir.

M. Leverby eut l'impression qu'il la voyait ce soir-là pour la première fois.

XXVII

— André n'est pas bien, dit-elle d'une voix très calme qui contrastait singulièrement avec l'émotion intense qui se dégageait de tout son être. Il n'est pas bien, Monsieur, et je crois, oui, je crois qu'il serait à propos de faire venir le médecin au plus tôt.

Ses lèvres tremblaient et, inconsciemment, elle froissait ses mains l'une contre l'autre dans un geste qui, plus que de longues phrases, disait l'angoisse qui la torturait.

Il était visible qu'elle faisait un effort surhumain pour ne pas trahir son trouble.

Une vive contrariété se peignit sur les traits de M. Leverby.

Ce n'était pas assez de Madeleine, fallait-il donc que le Dr Chaumet entrât en scène, précisément à cette heure où il l'eût souhaité à cent lieues de chez lui !

Et cela pour un rien, il en était sûr.

L'idée qu'André servait en ce moment de prétexte à l'institutrice pour faire venir Chaumet, qu'il considérait depuis son entrevue du matin comme un rival, le traversa soudain comme une souffrance, et il se crispa.

— Cela me semble bien subit, Mademoiselle, fit-il non sans une certaine ironie, bien subit, vraiment ; il n'y a pas une demi-heure qu'il était ici à table avec nous.

Il s'était redressé, un peu agressif, et dévisageait Mlle Brunnel avec une singulière insistance.

Il était aisé de se rendre compte qu'il l'interrogeait sur tout autre chose que sur l'état de santé d'André, qui, certes, n'éveillait pas en lui la moindre inquiétude.

Mlle Brunnel ne comprit pas cette interrogation, et tout entière au grand souci qui l'absorbait :

— Vous avez pu remarquer qu'il n'a pas mangé, fit-elle simplement, j'ai bien vu qu'il n'y avait pas à insister.

— Ce n'est pas la première fois qu'un enfant ne mange pas, hasarda-t-il.

Les longues mains blanches de Mlle Brunnel s'élevèrent en une douloureuse supplication.

— Mais vous ne comprenez donc pas que si je vous demande de faire venir le docteur c'est que j'en constate la nécessité absolue ? s'exclama-t-elle, la voix frémissante.

Dans l'état d'esprit où se trouvait M. Leverby, cette phrase et le ton sur lequel elle était dite ne firent que confirmer ses appréhensions, et croyant de moins en moins au danger que pouvait courir son fils :

— Qu'éprouve-t-il, en fin de compte ? demanda-t-il froidement.

— Il a de la fièvre, une fièvre battante que je ne puis réduire. Après l'avoir couché, je lui ai appliqué des sinapismes. Il s'est ensuite un peu assoupi, mais son sommeil s'est agité, s'est peuplé de rêves qui l'ont fait divaguer, sa respiration est devenue saccadée et la chaleur de la tête et des mains n'a fait qu'augmenter. Il a en ce moment trente-neuf degrés. Il a rejeté la quinine que je lui ai administrée ; j'ai eu recours à des lotions, il est en ce moment enveloppé de compresses vinaigrées. Rien n'y fait.

C'était l'exposé net, précis de la situation, fait sobrement avec cette concision d'une infirmière qui n'en est pas à ses débuts.

Cette particularité ne frappa nullement M. Leverby, tant Mlle Brunnel paraissait en ce moment dans son rôle.

— Voilà plus de huit jours qu'il n'est pas dans son état normal, se hâta-t-elle d'ajouter. Avant-hier, déjà, je vous avais prié de faire venir le Dr Chaumet, mais comme l'enfant vous avait paru comme à l'ordinaire vous n'avez pas tenu compte de mon avertissement. Au reste, André ayant joué ce jour-là avec un certain entrain, j'ai pu aussi douter à un moment ; mais maintenant.....

Elle adoucissait autant que possible ce qui eût pu avoir l'air d'un reproche, mais il y avait dans le timbre de sa voix une nuance d'amertume qu'elle ne parvenait pas à dissimuler.

— Et vous penseriez que ce serait sérieux ? demanda enfin M. Leverby légèrement ébranlé.

Il en venait presque à souhaiter que ce fût sérieux afin de trouver un fondement plausible, en dehors de Chaumet, à l'émoi de l'institutrice.

— J'ai craint, il y a quelques jours, une fièvre cérébrale, André ayant eu un peu de délire la nuit, et je lui ai fait prendre un dérivatif. A l'heure qu'il est, les symptômes ont changé, sans pour cela être plus rassurants.

— Et que redouteriez-vous ? fit M. Leverby vivement impressionné, cette fois.

— Je ne veux pas vous alarmer en vous faisant part de mon diagnostic, qui peut n'être pas exact. Venez voir l'enfant, et, comme moi, vous jugerez, je suis sûre, que la présence du Dr Chaumet est nécessaire.

XXVIII

Pour que Mlle Brunnel réclamât le médecin avec cette insistance, il fallait vraiment qu'elle jugeât le cas des plus graves.

M. Leverby eut soudain la perception nette que le Dr Chaumet n'entrait dans la pensée de l'institutrice qu'en raison du secours qu'elle en attendait pour André, qu'elle avait même tout tenté pour éviter cette intervention et que ce n'était qu'à bout de moyens qu'elle le demandait.

Alors, envahi par une autre inquiétude, M. Leverby la suivit dans la chambre de l'enfant.

. . . .

Etendu sur son petit lit, que l'institutrice avait tiré au milieu de la pièce, André paraissait dormir, mais entre ses paupières mi-closes ses prunelles dilatées se mouvaient fébrilement, semblant suivre des visions rapides qui, toutes, paraissaient s'évanouir dans un coin de la chambre où le regard de l'enfant s'attardait effaré.

Sa respiration, entrecoupée par moments, avait, à intervalles de moins en moins longs, un claquement de bois sec qui n'avait rien d'humain.

Dès la porte, Mlle Brunnel avait saisi ce bruit spécial, caractéristique, semblable à nul autre. Elle s'était précipitée vers le lit, et, inclinée sur l'enfant, elle écoutait, retenant son souffle, cette cassure brève et ce martèlement au creux sonore qui allait s'accentuant.

Enfin, elle se redressa, plongea son regard angoissé dans celui de M. Leverby, comme pour lui communiquer sa conviction, et après un silence, comme si ce qu'elle avait à dire lui paraissait trop pénible :

— Il n'est que temps, je vous assure, que le médecin arrive, et même qu'il se munisse de ce qui est nécessaire, car il ne pourra retourner. Oh ! que cela va vite ! que cela va vite ! s'exclama-t-elle consternée en s'inclinant de nouveau sur le petit lit, l'oreille tendue à ce bruit de bois qui, maintenant, marquait une sorte de pas redoublé, comme si, pour venir chercher ce tout petit, la mort eût chaussé des sabots.

Que cela va vite ! Et elle souleva André, dont les prunelles vitreuses la considéraient avec effroi.

M. Leverby, saisi par l'inquiétude poignante que trahissait l'institutrice, et frappé de l'altération qui, de minute en minute, se répandait sur les traits du petit malade, se précipita vers la porte.

— Que dois-je dire au docteur d'apporter ? demanda-t-il en se retournant au moment de sortir.

— Sa trousse et du sérum ; il n'y a pas un instant à perdre.

— Oh !..... ce serait donc ?..... s'exclama M. Leverby, terrifié à la pensée de ce mal qui enlève, de préférence, les petits enfants, à la façon du vautour qui choisit toujours les agneaux du troupeau.

Et tandis que Mlle Brunnel levait les mains en signe d'abandon, Leverby dégringola les escaliers en courant, et, frappant violemment sur lui la porte du vestibule, sortit dans la nuit.

Il n'y avait plus de précautions à prendre, de silence à garder ; André, occupé à mourir, n'entendait déjà plus rien.

Plus berceuse que les chansons de « Bonne Amie », la mort l'endormait de ce long sommeil qui n'a pas de réveil ici-bas.

Combien de temps M. Leverby resta-t-il absent ?

L'institutrice n'eût pu le dire, les heures d'angoisse et d'agonie ne se mesurant pas. Agenouillée devant le lit d'André, la tête enfouie dans ses mains, elle priait.

Ce n'était pas une de ces prières à la ferveur farouche qui veut faire violence au ciel et qui est, en son genre, une sorte de protestation contre les décrets divins. Non, elle priait, calme et recueillie, abandonnée à la volonté de celui dont les voies sont impénétrables et qui, en tout, même quand il réclame les sacrifices les plus déchirants, ne poursuit que le bien.

L'idée du lycée pour André était à Mlle Brunnel d'un grand souci.

Depuis que le départ de l'enfant était décidé, elle n'avait cessé de prier pour que la Providence, intervenant, fît, entre temps, surgir un obstacle.

Son âme profondément chrétienne avait frémi à l'idée de l'abandon moral où végéterait, pendant des années, le pauvre petit innocent.

C'était si bien pour le jeter dans le désert qu'on l'arrachait à son étreinte, le désert où, fatalement, il s'enliserait dans le sable mouvant sans qu'elle pût lui tendre la main pour le secourir.

Bien que se tenant prudemment en dehors de toute discussion, de toute controverse, elle connaissait le programme du nouveau lycée qui devait systématiquement être le contrepied de l'enseignement des pauvres Frères exilés.

Et tandis qu'un crépitement de râle montait dans la grande chambre où le portrait de « tite mère » semblait sourire pour l'accueil tout proche dans ce Paradis où elle attendait « son trésor », tandis que les claquements secs, maintenant suivis d'un sifflement strident, faisaient présager une crise imminente, Mlle Brunnel se demandait, avec un déchirement d'âme indicible, si ce n'était pas l'heure que Dieu avait choisie et si, de tous les obstacles qu'il eût pu faire surgir, il n'avait pas préféré envoyer la mort pour sauver cet enfant qu'on voulait lui ravir.

« Alors tu me conduiras, tu veux bien? »

Elle l'avait conduit, et il était loin, très loin, maintenant, le petit ami de « Bonne Amie » ; sa petite main glissait, glissait, mais malgré sa douleur la pauvre « Bonne Amie » préférait, à beaucoup près, qu'il en fût ainsi, car c'était pour rendre à « tite mère » son « trésor » dans toute sa beauté.

Clémence allait et venait comme une âme en peine, murmurant des mots sans suite qu'elle entrecoupait de prières et d'invocations à tous les saints que sa *rude* femme de mère lui avait enseigné à vénérer.

— Ben sûr qu'il n'avait pas besoin de se tourner les sangs rapport à son long pantalon et à sa blouse noire, le pauvre mioche, car c'est la pauvre Madame qui n'aura pas voulu, allez. Et que vous avez moult ben fait de ne pas lui couper ses beaux cheveux : qu'est-ce qu'elle aurait dit la pauv'gent de le voir arriver ainsi. Pour sûr que si on pouvait pleurer au Paradis elle en aurait pleuré, ma parole !

Et Clémence, qui n'était pas encore au Paradis, s'enfuit en éclatant en sanglots.

Longtemps elle resta seule dans la cuisine à exhaler à haute voix son grand chagrin, puis, un peu calmée, elle remonta pour le voir encore avant qu'il fût parti.

Trouvant Mlle Brunnel absorbée dans sa prière, elle aussi s'agenouilla et joignit les mains, ayant soudain l'impression que rien n'y pouvait, qu'il fallait se soumettre, et que, dans cette chambre où un pauvre petit enfant haletait, l'âme de « tite mère » attendait.

Soudain André fit un mouvement : un son rauque, sauvage, sortit de sa gorge contractée ; il battit l'air de ses bras, et, les yeux exorbités, se souleva sur son oreiller.

C'était la crise éclatant dans toute sa violence, alors que le médecin n'était pas encore arrivé et qu'il n'y avait aucun secours à attendre.

Mlle Brunnel se redressa.

L'enfant, tout l'être convulsé, tordu par l'horrible spasme, fixa sur elle un regard éperdu, angoissé, un regard où la mort passait, jeta un second cri étouffé, profond, qui s'étrangla dans un râle, et s'accrocha à l'institutrice avec cette force d'agonie que nul ne peut maîtriser.

L'instant était poignant.

Etait-ce la vie que demandait l'enfant ou voulait-il entraîner avec lui « Bonne Amie » dans la mort ?

— Approchez une cuvette, commanda Mlle Brunnel qui haletait.

Il lui était impossible de se mouvoir, maintenue qu'elle était par une étreinte de folie qui allait se resserrant, les mains de l'enfant s'étant nouées à sa nuque.

— Oh ! faites vite, vite, et tenez-la ici près de moi.

Clémence obéit machinalement, comme sous le coup d'une hypnose, les yeux fixés sur la figure décomposée du petit mourant.

Alors elle vit une chose terrible et sublime, une chose plus qu'héroïque, surhumaine, pourrait-on dire, une chose qu'elle ne devait jamais oublier.

Après avoir fait un grand signe de croix, qui l'enveloppa elle et l'enfant dans la même prière, car ils ne faisaient qu'un à ce moment, Mlle Brunnel, très simplement, comme s'il se fût agi de l'acte le plus naturel, la bouche contre la bouche d'André, aspirait à elle cette mort qui envahissait l'enfant.

Les mains appuyées des deux côtés du lit, le buste incliné, elle aspirait longuement, méthodiquement, de toute la force de son organisme robuste et sain, les mucosités grisâtres qu'elle parvenait à extraire du pauvre petit être, et les rejetait dans la cuvette que Clémence, plus morte que vive, lui tendait en tremblant.

Elle procédait sans hâte, faisant des pauses, pour ne pas contrarier le mouvement d'aspiration et d'inspiration des pauvres petits poumons assoiffés d'air et rétablir le rythme voulu.

De la porte, une exclamation horrifiée s'éleva.

M. Leverby et le docteur, saisissant d'un coup d'œil le drame de dévouement qui venait de s'accomplir, restaient là, figés de stupeur, sans un mot, étranglés par l'émotion poignante qui les avait envahis, n'osant croire au témoignage de leurs sens.

Mlle Brunnel, qu'André avait enfin lâchée, se releva du petit lit. Elle les regarda, la bouche pleine de cette matière terrible, les lèvres bordées du virus de mort, leur fit signe d'approcher, et, se sentant défaillir, tout l'être secoué par un long frisson, elle se retira précipitamment dans sa chambre.

XXIX

André, renversé sur son oreiller, brisé par le supplice qu'il venait d'endurer, regarda, les yeux encore exorbités, son père et le médecin.

— Elle est bonne, va, « Bonne Amie », souffla-t-il d'une voix éteinte.

Et, se tournant de côté, il poussa un profond soupir de soulagement.

Le docteur le palpa, l'ausculta, et hochant la tête :

— C'est ça, tout ce qu'il y a de plus ça ! murmura-t-il entre ses dents. Ah ! bigre de bigre de bigre !.....

Et il ouvrit sa trousse.

Quand le Dr Chaumet allongeait ainsi trois bigres à la suite l'un de l'autre, c'est que le cas n'était pas sans l'inquiéter.

Cela et un léger clignotement de l'œil droit en disaient long à ceux qui le connaissaient.

— Que penses-tu de l'enfant, docteur ? demanda M. Leverby que ces symptômes, lui rappelant le jour où la pauvre Simone avait été condamnée, étaient loin de rassurer.

Le docteur, la seringue à injection d'une main, le flacon de sérum de l'autre, le bouchon du flacon entre les dents, regarda comme ahuri M. Leverby.

— Tu dis ? fit-il, les lèvres grimaçant sur le bouchon et quelque chose d'ironique dans le ton, comme si la question que lui posait son ami lui paraissait des plus saugrenues.

— Je demande ce que tu penses de l'état d'André.

M. Chaumet eut un haut-le-corps, cracha le bouchon qui alla se perdre au bout de la chambre, et brusquement :

— Lui ? s'exclama-t-il les sourcis en accent circonflexe, et désignant d'un léger coup de sa petite barbiche grisonnante le lit de l'enfant ; d'ici à huit jours, il n'y paraîtra plus, le plus fort est fait. Je vais pratiquer l'injection et tout sera dit. Mais la pauvre institutrice !..... Bigre de bigre de bigre !.....

Sa langue claqua contre ses dents en cinq petits coups secs, il hocha la tête en une multitude de grands « nons » très menaçants, et les yeux fixés à deux pas dans le vide :

— Ah ! ta, ta, ta, ta !..... Es-tu buse, aussi, de n'être pas venu me trouver quand elle te l'a dit. C'est ni plus ni moins qu'un crime, un vrai crime, ou je ne m'y connais plus. Qu'avais-tu à différer, voyons ?.....

Les bras de M. Leverby s'écartèrent en un geste d'ignorance et lui retombèrent le long du corps ; une confusion passa dans son regard.

— Faut-y..... faut-y donc ! fit Chaumet rageur, laissant

tomber un regard lourd de ressentiment sur M. Leverby. Faut-y !..... Enfin, j'ai bien peur qu'elle ne paye fort cher la stupidité, la pauvre enfant. Oui, bien peur !

Et, sifflotant entre ses dents quelque chose qui ne ressemblait à rien, ce qui, chez lui, était l'indice certain d'une vive contrariété, il s'avança vers le lit de l'enfant.

— A propos, fit-il, se retournant vers M. Leverby, quel âge a Mlle Brunnel ?

— Dame, je n'en sais rien.

— Ah ! bah !..... lança ahuri le Dr Chaumet en dévisageant son ami comme il l'eût fait en présence d'un phénomène déconcertant. Tu n'en sais rien ?..... Tu veux me blaguer, voyons. Depuis près de deux ans qu'elle est chez toi, tu ignorerais son âge ?.....

— Que veux-tu, c'est ainsi. Pourquoi veux-tu savoir son âge ?

— Parce que..... parce que..... Tiens !.....

— Mais enfin, la raison ?

— C'est que c'est très important dans la circonstance : il y a des maladies que l'on ne peut guérir à tout âge.

— Le sérum, cependant.

— Le sérum, le sérum !..... Voilà bien comme le vulgaire raisonne ; mais si le sérum guérit de la diphtérie, on ne peut toujours prévoir les complications qu'il peut amener dans la suite. Chez l'enfant, on peut les conjurer, mais chez l'adulte, sait-on jamais ? Dans certains cas, elles sont fatales, même. Enfin..... enfin !..... Et puis il y a diphtérie et diphtérie. Quand elle se transmet par contagion, comme ce serait ici le cas, elle a subi une incubation qui la rend bien plus nocive, et souvent alors elle a des effets foudroyants, contre lesquels le sérum n'a aucune action, quand bien même il serait administré dès les premiers symptômes. C'est le cas de Grindor. On a tout tenté pour sauver le pauvre garçon : sérum, trachéotomie, inhalation d'oxygène, rien n'y a fait ; il est mort voilà trois semaines dans des souffrances intolérables. Il avait contracté la diphtérie au chevet d'un enfant de trois ans. Ah ! le sérum, le sérum !.....

Mlle Brunnel rentrait dans la chambre.

Encore un peu pâle, elle s'avança de sa marche glissante jusqu'au lit d'André. Ses longues mains blanches passèrent en caresse sur le front de l'enfant et elle lui sourit d'un beau sourire calme, recueilli, où toute son âme passait.

M. Chaumet la considéra longuement, eut une petite toux sèche qui était sa manière de secouer une émotion vive, et d'une voix un peu couverte que l'on eût dit mouillée par des larmes contenues :

— Vous sentez-vous le courage, Mademoiselle, de tenir l'enfant pendant que je lui ferai l'injection ?

Le courage !..... Et il s'arrêta, se trouvant soudain stupide de formuler ainsi cette demande, car, après l'acte héroïque qu'il l'avait vue accomplir, pouvait-il douter qu'elle n'eût tous les courages ?

Mais il n'avait rien trouvé d'autre, le pauvre Dr Chaumet, et il avait dû s'en tenir à cette formule banale et gauche qui, sitôt énoncée, le laissa confus..

— Où la faites-vous, docteur ?

— Peu importe ; on la fait habituellement dans le dos, au haut de la hanche ou au-dessus de l'omoplate.

— C'est assez incommode, le malade se trouve gêné pour rester couché. J'ai vu faire la piqûre dans le flanc, docteur ; cela ne reviendrait-il pas au même, croyez-vous ?.....

— Que si..... que si, approuva Chaumet, évidemment l'esprit ailleurs et suivant une idée. Parfaitement, parfaitement, bon, bon, bon !.....

« Elle avait vu faire » ? songeait-il, elle avait donc été exposée déjà à la terrible maladie ?..... En avait-elle été atteinte ?.....

Une anxiété noircit son regard, et il s'approcha de l'enfant.

D'un mouvement souple, Mlle Brunnel enleva André de son petit lit, s'assit sur une chaise basse, l'étendit sur ses genoux, et, appuyant sa joue contre le visage du petit, lui enlaça étroitement le buste d'une étreinte qui était une caresse et une force tout ensemble.

Ainsi inclinée, son beau profil se détachant sur la chevelure sombre du petit malade, elle avait quelque chose de si maternel, de si touchant, que M. Leverby qui la considérait sentit, avec une douceur intime, comme une assurance, une réalisation du rêve qu'il caressait.

N'était-elle pas, en réalité, maintenant, la mère de cet enfant qu'elle venait d'arracher à la mort ?

« Tite mère », du haut de son cadre, semblait sourire à celle qui caressait « son trésor », et le Dr Chaumet enveloppa le groupe charmant de cette admiration qu'il eût ressentie à la vue d'une jolie Madone de vitrail penchée, affectueuse et tendre, sur son petit Jésus.

— Pourquoi tu me prends, dis ? Qu'est-ce qu'il va me faire, « tonton Chaumet » ?

— Il va te guérir, mon chéri.

— Mais tu m'as guéri, toi ; j'ai plus mal et j'ai sommeil. Chante, veux-tu ? demanda-t-il en fermant les yeux.

Et elle chanta. Lentement, doucement, comme si elle se trouvait seule avec l'enfant, elle fredonna la chanson de tous les soirs, la chanson de « tite mère ». Sa voix suave ne s'élevait pas, elle planait recueillie, enveloppante, dans la chambre silencieuse, et André, bercé par cette mélodie qu'il aimait, s'endormit profondément.

Alors elle fit signe au médecin, tandis que d'un geste lent, continu, elle froissait sous ses doigts, pour l'engourdir, l'endroit que l'aiguille creuse devait transpercer.

Un léger tressaillement parcourut André au moment de la piqûre, mais il ne s'éveilla pas, et Mlle Brunnel, qui continuait à chanter très doucement, le remit dans son petit lit.

XXX

— Maintenant, dit brusquement le Dr Chaumet en se tournant d'une pièce vers l'institutrice qui, après avoir disposé les oreillers sous la tête de l'enfant et l'avoir soigneusement bordé dans son lit, se disposait à se retirer, c'est de vous qu'il va être question.

— De moi ? fit-elle surprise.

Grande et mince dans sa robe de toile bise très simple, n'ayant pour toute parure qu'un col de linge et des manchettes, elle était là, un peu interdite, un sourire aux lèvres, une interrogation dans le regard, attendant que M. Chaumet s'expliquât.

— Oui, de vous, ma chère demoiselle, fit le docteur très grave, prenant, sans s'en douter, son air le plus « Faculté ».

La « chère demoiselle », sans se laisser émouvoir, eut un joli geste d'insouciance.

— Oh ! docteur !..... Je suis, je vous en préviens, une détestable cliente ; vos confrères ne m'ont jamais tenue en bien grande estime, ma santé ne leur ayant pas donné grand souci jusqu'à ce jour.

Elle riait avec cette belle confiance en la vie qu'elle sentait circuler dans son être généreux. Son teint rosé, ses beaux yeux lumineux, ses cheveux abondants, les proportions admirables de toute sa personne disaient l'être sain, bien équilibré, tant au moral qu'au physique, sur lequel le mal a peu de prise.

En praticien, Chaumet l'admira ; elle était pour lui un beau spécimen d'être calme et fort en pleine possession de toutes ses facultés. C'était la belle machine humaine dont pas un rouage ne grinçait sous l'action d'un moteur bien conditionné.

— Avez-vous pris certaines mesures après ce que vous avez fait, demanda-t-il ; avez-vous fait en sorte de vous prémunir contre la contagion qu'il y a à redouter?

— Oui, docteur. Je me suis gargarisée à l'eau alunée et j'ai pris un cachet de charbon.

— Ah ! bien, très bien.

— Quel âge avez-vous ?

— J'ai trente-cinq ans.

— Bon..... bon.

Sa main enserra en cornet sa petite barbiche, il resta quelques instants songeur, puis il se redressa, et plongeant son regard aigu dans les beaux yeux bruns qui continuaient à l'interroger :

— Vous n'avez jamais eu la diphtérie, je suppose ?

Mlle Brunnel eut une hésitation.

— Je ne sais, au juste, si c'était cela, fit-elle, un pli de contrariété se creusant entre ses fins sourcils ; le médecin luimême ne s'est pas prononcé d'une façon bien catégorique sur mon cas, qui, je crois bien, n'était qu'une simple alerte.

— Ah mais !..... ah mais !..... cria presque le Dr Chaumet qui, l'être tendu, semblait boire avec anxiété les paroles de l'institutrice, ah mais ! là n'est pas la question ; alerte ou non, fichtre, je m'en moque, l'important est de savoir si l'on a fait usage du sérum.

— Mais oui, docteur, fit Mlle Brunnel, très étonnée que la chose pût faire l'ombre d'un doute, quand ça n'eût même été que par simple mesure préventive.

Elle rougit, un peu embarrassée, comme si elle eût craint d'en avoir trop dit.

Le docteur serra les dents sur une imprécation qui allait lui échapper, sa main quitta sa barbiche et s'abattit, poing fermé, dans la paume de son autre main en une sorte d'applaudissement ironique.

— Ah ! bigre de bigre de bigre..... de bigre !.....

Au quatrième bigre, M. Leverby sursauta et dévisagea Chaumet qui se tournait vers lui. Leurs regards se croisèrent, anxieux d'une part, presque tragique de l'autre, produisant un choc dont tous deux souffrirent.

Le docteur se raidit, sa voix se fit très douce, si douce que M. Leverby crut l'entendre pour la première fois.

— Ne vous troublez pas, gardez votre beau calme qui, à lui seul, est une force, disait-il à Mlle Brunnel, c'est un des meilleurs préventifs, et, dans votre cas, il importe au plus haut point de prévenir le mal. Je vais vous prescrire des cachets que vous prendrez régulièrement trois fois par jour, et des tablettes de sublimé que vous ferez fondre dans votre eau de toilette. Nourrissez-vous bien, il vous faut même de la suralimentation, prenez l'air le plus possible, et puis..... et puis vous jugerez par vous-même si le moindre symptôme inquiétant se produisait et vous m'en avertiriez.

Du reste, ajouta-t-il en souriant, je vous tiendrai en observation.

Il enfila son pardessus, en assujettit le col en se soulevant sur la pointe des pieds et en frappant du talon sur le parquet, et passant le revers de sa manche sur son chapeau il sortit, sa trousse sous le bras, suivi de M. Leverby.

Tout le long de l'escalier, il siffIota son petit air agaçant. Arrivé dans le hall, il tourna à droite et entra dans le bureau où M. Leverby le suivit.

Là, toujours sifflotant, il rédigea son ordonnance.

— Le plus tôt sera le mieux, et si tu veux venir avec moi, dit-il, accroche ta bicyclette à mon tilbury.

— Ne penses-tu pas que si elle a eu la diphtérie elle soit à l'abri de la contagion ? hasarda timidement M. Leverby, la bicyclette à l'épaule et prêt à sortir.

— Fichtre que non, le sérum immunise tout au plus pendant une durée de six semaines, ensuite le sujet redevient apte, comme par le passé, à contracter la maladie, avec cela que le sérum, l'unique remède, peut alors jouer un mauvais tour.

— Comment cela ?

— Tu ne veux pas, je suppose, écouter l'exposé des différents phénomènes qui peuvent se produire ? Tu en sais assez pour ce soir. Viens !

Et il le poussa dehors.

XXXI

Veillé par « Bonne Amie », André dormait encore profondément quand, vers minuit, M. Leverby rentra, apportant les médicaments prescrits.

— En plus des cachets, voici une potion que le docteur vous recommande de prendre en trois fois, à une demi-heure d'intervalle, dit-il en tendant à l'institutrice un petit flacon. Il a beaucoup insisté.

Sans s'en rendre compte, M. Leverby faisait plus qu'insister: tout en lui paraissait implorer, et la main qui tenait le flacon tremblait.

— Et puis, vous devriez aller vous reposer, tandis que je vous remplacerais auprès de l'enfant.

Elle sourit, sachant bien que nul ne pourrait la remplacer, si le petit venait à s'éveiller et la réclamait.

— Je n'éprouve aucune fatigue, dit-elle, et il vaut mieux que ce soit moi qui reste près de lui cette première nuit.

M. Leverby sentit qu'il serait gauche d'insister, et, après s'être incliné sur André qu'il baisa au front, il se retira.

. . . .

L'enfant, plongé dans un sommeil un peu lourd, mais relativement calme, dormit ainsi jusqu'au matin, couvé par la sollicitude de « Bonne Amie » qui épiait ses moindres mouvements.

Quand, au petit jour, Clémence entra dans la chambre, apportant à l'institutrice une tasse de café que, selon son expression, elle avait fait tout *exeprès*, elle fut accueillie par le sourire d'André qui s'éveillait.

— Ah ! ben, v'là qu'on a ouvert ses *lumerolles*, fit la bonne fille, réjouie. Tout de même, on s'y serait mis à tous les dix chez nous qu'on n'aurait pas donné une frousse pareille, ma parole. *Avou* toutes ces manigances de maladies, on n'est plus tranquille au jour *d'aujord'hui !* En v'là des inventions !.....

Elle riait, et de grosses larmes tremblaient dans ses petits yeux gris.

— Comment que vous pensez qu'il va, à c't'heure ? demanda-t-elle à Mlle Brunnel.

— Il a très bien dormi. Oh ! c'était peu de chose, une simple alerte ; le docteur est arrivé en temps voulu et il n'en restera rien, dit-elle, s'épanouissant en un joli sourire plein de confiance.

Clémence s'arrêta, interdite, considérant Mlle Brunnel avec une sorte d'ahurissement.

— C'est pas pour dire, mais, ma frique, il a tout de même passé un vilain quart d'heure. Et sans vous, bonne gent', sans vous, foi de Clémence, c'était, Dieu ait pitié, la fin de not'petit. Dieu de bonté ! c'est plus à y penser des choses pareilles, et ça ne fait rien, mais je vous y verrai toujours, oui, là !.....

— J'ai pu, heureusement, arriver à le dégager, fit d'une voix impersonnelle Mlle Brunnel, cela ne réussit pas toujours, c'est vrai..... Tout autre à ma place en eût fait autant, je vous assure.

La pensée se portant vers « sa nièce Angélique qu'arot autrefois si ben fait l'affaire », mais qui, à coup sûr, n'eût jamais tenté ce coup-là, Clémence hocha la tête.

— Ah ! bonne gent !..... bonne gent !..... soupira-t-elle, enveloppant Mlle Brunnel d'un regard comme extasié par l'admiration, bonne gent !.....

— Enfin, il faut rendre grâces au bon Dieu, Clémence, car c'est lui qui est intervenu.

De cela, Mlle Brunnel était sûre.

Oui, c'était par une grâce toute particulière qu'elle avait pu sauver l'enfant.

Au moment où elle supposait que Dieu, écoutant ses prières, allait, par un appel soudain, soustraire André aux influences dangereuses qu'il allait fatalement subir ; à l'heure même où, avec larmes, elle s'inclinait sous le sacrifice, elle l'avait soudain arraché à la mort, rappelé de cette éternité dans laquelle il allait s'endormir, poussée par une force à laquelle elle n'avait pu résister.

Quelques secondes avant la crise, elle ne pensait pas à ce moyen qu'elle avait employé ; cela lui avait été suggéré tout à coup, et elle avait risqué sa vie.

L'enfant du candidat blocard de l'arrondissement, l'enfant sur lequel on devait battre la réclame du lycée qui allait, en haine de Dieu, s'ouvrir à Rieuse pour préparer des générations athées, cet enfant lui devait maintenant l'existence.

Elle l'avait retenu ici-bas, tandis qu'il était déjà à moitié parti pour là-haut, et une grande douceur l'envahissait à l'idée que le bon Dieu n'avait pas permis cette sorte de miracle sans avoir des vues toutes particulières sur le petit orphelin.

La journée s'annonçait radieuse. Le soleil rougeoyait le sommet des collines voisines ; du jardin montaient un froufroutement d'ailes et de légers pépiements ; des arbres et des plantes s'exhalait comme le soupir de la nature reposée, et Clémence, au son de l'Angélus qui se mit à tinter joyeusement dans l'air encore recueilli du matin, eut un frisson en songeant que ce jour-là, au milieu de ce gracieux réveil, il s'en était fallu de peu que la cloche du village eût à chanter le trépas d'un petit enfant.

Mais il vivait, le petit enfant, il écoutait en souriant la jolie cloche qui, selon son expression, disait sa prière du matin, et comme Mlle Brunnel lui joignait les mains et récitait avec lui l'Angélus, la vieille cuisinière se retira pour ne pas laisser voir qu'elle pleurait.

Le docteur revint dans la matinée.

Il trouva André en bonne voie de guérison, et, redevenu « tonton Chaumet », s'amusa plus d'une heure avec lui, imitant le cri des animaux les plus divers, la voix de Polichinelle et d'Arlequin, et inaugurant une nouvelle grimace qui fit la joie du petit.

— Encore, « vieux tonton », tu me fais peur, disait André, la voix chevrotant de cette heureuse peur qu'aiment tant les tout petits.

Et « vieux tonton » faisait « encore », s'attardant auprès du lit d'André, tout entier, sans doute, à distraire le petit malade, mais observant attentivement l'institutrice qui allait et venait, vaquant à de menus soins.

Au bout de quatre jours, André s'était levé.

Les pieds dans de petits chaussons de feutre bleu à semelles blanches, il trottinait dans la chambre au milieu des joujoux dont M. Leverby et le Dr Chaumet l'avaient comblé.

Rien n'est plus doux que la convalescence d'un petit enfant.

A part une légère pâleur, nulle trace du terrible mal ne subsistait en André.

Sa voix avait repris son éclat, son rire s'égrenait aussi joyeux, aussi perlé ; c'était une vraie résurrection, et le père, heureux, venait passer de longues heures auprès du petit reclus.

Ces heures pendant lesquelles M. Leverby prenait part à des batailles, assistait à des défilés ou écoutait les histoires et les chansons de « Bonne Amie » étaient bien les meilleures qu'il eût vécues jusqu'ici.

Retranché du monde entier, oubliant la politique et ses intrigues, c'était durant ces heures qu'un peu replié sur lui-même il aimait à penser.

Que tout lui semblait loin lorsqu'il se trouvait ainsi entre « Bonne Amie » et son enfant.

Quelque chose, lui semblait-il, avait dû s'éveiller en Mlle Brunnel depuis ce soir où elle avait lutté héroïquement contre la mort pour lui conserver son fils.

Il se complaisait dans l'idée qu'à travers l'enfant elle l'aimait un peu, lui, le père, et, dans cette chambre où elle se confinait avec André, il se faisait tout petit, paraissait ne s'occuper que de l'enfant, tandis qu'en réalité c'était pour elle qu'il était là.

Pour elle dont il se rassasiait le regard, dont il buvait les paroles ; pour elle qui était devenue nécessaire, indispensable à sa vie ; pour elle sans qui, il le sentait, il resterait comme désemparé.

Et le rêve de se l'attacher par des liens que la mort seule peut rompre grandissait de jour en jour en M. Leverby.

Sa femme !..... Voir briller à sa belle main blanche l'anneau d'or qui la ferait sienne !.....

XXXII

— Quand que j'irai au jardin, dis, petit père ?.....

André avait bien appris la grammaire, il connaissait l'analyse, faisait même parfois de petites rédactions dont les phrases étaient très correctes, mais il avait conservé pour s'exprimer ce tour un peu enfantin, que Mlle Brunnel n'avait pas jugé à propos de corriger, y trouvant un certain charme. Les petits deviennent si vite grands !

— Quand, dis, que j'irai ?.....

Il y avait trois semaines qu'André tenait la chambre, moins en raison de son état de santé que du temps qui s'était mis à la pluie, et il commençait à s'impatienter.

La veille, il avait tout simplement envoyé deux soldats de plomb à travers la vitre dans le jardin ; le matin, en voulant faire du foot-ball, il avait brisé une jolie potiche, et ayant obtenu, à force de supplications, qu'on lui apportât le grand tub de la salle de bain pour y faire flotter ses bateaux, il avait mis la « mer » si en furie qu'elle venait de tout inonder.

Tous ces beaux exploits s'étaient accomplis tandis que Mlle Brunnel, pour se conformer aux recommandations du médecin, faisait un tour de promenade et confiait l'enfant à M. Leverby.

Ses manches mouillées jusqu'aux coudes, ses petites mains toutes rouges et toutes froides d'avoir battu l'eau, il se faisait essuyer par son père que tout cela paraissait amuser beaucoup.

— S'il fait demain comme aujourd'hui, tu pourras descendre, dit M. Leverby.

— Ben là, il n'est que grand temps ! maugréa Clémence qui arrivait pour éponger le parquet. Ça vous casse des carreaux et des potiches à vous faire croire que c'est les Prussiens qu'ont passé, v'là qu'ça fait dévaler l'eau qui dégouline à c't-heure par le plafond dans un coin de la salle à manger. Bientôt ce sera le feu, ma parole ! Allez-y vite donc au jardin, sans quoi, ma frique, on peut s'attendre à tout dans cette maison où on vous laisse faire vos quatre volontés.

Ceci était décoché, avec un regard en dessous, à l'adresse de M. Leverby, qui, pour se donner une contenance, continuait à tamponner André.

Au fond, la vieille Clémence n'était pas plus fâchée que cela ; elle était de cette école qui ne reconnaît de sagesse à l'enfant que lorsqu'il dort, et tout ce remue-ménage lui disant qu'André avait repris sa belle santé lui épanouissait le cœur.

— Bon, et qu'est-ce qu'il fait là-dedans, celui-là ? demanda-t-elle en retirant du tub un clown en piteux état.

— Laisse-le ! laisse-le ! cria André, c'est un marin qui est tombé à l'eau pendant le naufrage, je dois plonger après.

— Ben, avisez-vous-en, je vous le conseille.

Et Clémence, qui, plus que jamais, s'attendait à tout, emporta le tub malgré les protestations de l'enfant.

Le lendemain, André était descendu.

La main dans celle de « Bonne Amie », il voulait tout voir et trouvait partout des surprises. Au jardin, les fleurs qu'il avait quittées en boutons s'épanouissaient radieuses, les fruits s'étaient dorés, et, dans le fond de la remise, la grosse mère lapine avait six petits lapins.

Comme s'il revenait d'un très long voyage, il reprenait contact avec tout cela, s'ébahissant devant des choses qu'il avait vues cent fois déjà, mais qu'il apercevait sous un jour tout nouveau.

Il voulut essayer de tous ses jeux, et le soir, grisé par l'air et le plaisir de cette belle journée où il s'en était donné à cœur joie, il s'endormit au milieu de sa prière que « Bonne Amie » acheva pour lui.

La semaine ne s'était pas écoulée qu'André avait repris toutes ses occupations favorites auxquelles il avait ajouté la pêche aux écrevisses dans un coude que faisait la Chave au fond du jardin.

« Tonton » Chaumet, qui pêchait à la balance, venait parfois l'aider, et c'étaient des râfles que Clémence dressait en beaux buissons piqués de persil frisé.

Le Dr Chaumet n'avait plus la moindre inquiétude en ce qui concernait Mlle Brunnel. Longtemps il l'avait, comme il disait, tenue en observation, et il était heureux de constater que ce qu'il avait tant redouté ne s'était pas réalisé.

La vie avait repris son cours d'autrefois, et, sans cette appréhension du lycée dont nul ne parlait plus depuis la maladie d'André, chacun se fût trouvé parfaitement heureux.

M. Leverby eût dû, plus que tout autre, apprécier cette paix, ce calme qui maintenant régnaient sous son toit, et cependant le pli soucieux entre ses sourcils s'était considérablement accentué depuis un certain temps.

Mme Peyras avait répondu, mais c'était si peu ce à quoi il s'attendait qu'il s'en était trouvé tout déconcerté.

XXXIII

Mon cher ami, disait Mme Peyras de sa grande écriture nette où pas un mot ne pouvait être pris pour l'autre, je ne sais à quoi attribuer cette demande tardive de renseignements que vous m'adressez au sujet de Mlle Brunnel.

Il me semble, cependant, que vous n'avez eu qu'à vous louer de ses services jusqu'ici.

Je sais que, par une aberration que je ne m'explique pas, vous vous proposez de mettre à la rentrée votre fils dans un lycée qui n'existe pas encore.

Je ne veux pas m'étendre sur ce sujet qui me mènerait trop loin, et, très probablement, vous n'en feriez qu'à votre tête. Je me contenterai de vous dire que je déplore cette mesure que vous avez prise sans consulter les membres de la famille.

Enfin, André vous quitte donc, ce qui, à mon jugement, entraîne de soi le départ de son institutrice et c'est à la veille de ce départ, qui ne peut maintenant tarder, que vous éprouvez le besoin de vous enquérir sur le compte de Mlle Brunnel qui, pendant près de deux ans, a habité sous votre toit et vécu, en quelque sorte, de votre vie ?

Rien ne vous surprendra si je vous dis que j'ai, de prime abord, trouvé la chose assez étrange, et que, l'imagination aidant, j'ai fait une foule de suppositions.

En fin de compte, je me suis arrêtée à la seule raisonnable, à mon avis.

Tout simplement, vous me paraissez avoir jeté votre dévolu sur Mlle Brunnel, et c'est pour obtenir la confirmation de toutes les qualités que vous lui reconnaissez que vous vous adressez à moi.

Loin de moi l'idée d'aller à l'encontre de vos inspirations et de combattre votre projet qui est très légitime. A votre âge, mon pauvre ami, il est bien permis de songer à combler le vide que la mort a creusé.

Vous voulez revivre un peu de bonheur, je le comprends, et certes Mlle Brunnel serait, à mon avis, le meilleur choix que vous puissiez faire.

Notez bien que je dis *serait* et ce petit mot a sa signification.

Je connais de longue date Mlle Brunnel et je sais, mon pauvre ami, qu'elle n'est pas libre.

De quelle nature est le lien, l'obstacle, si vous préférez, il ne m'appartient pas de vous le dire. Qu'il vous suffise de savoir qu'il est tout à l'honneur de l'institutrice de votre fils.

Insister pour qu'elle aille à l'encontre serait, j'en suis persuadée, peines perdues, à moins qu'elle ait beaucoup changé depuis qu'elle est entrée dans votre maison, ce dont je fais plus que douter, je dirais même que je suis persuadée du contraire.

Vous fiant à mon choix, vous ne l'avez jamais interrogée, dites-vous.

Je vous remercie de cette marque de confiance à mon égard, mais, s'il s'agit de ce que je suppose, allez loyalement à elle, vous serez renseigné.

C'est une personne droite qui ne cherchera pas à vous faire un mystère de son passé. Mais, je vous le répète, mon cher ami, je ne puis rien vous révéler.

Cette longue lettre, pleine de réticences, laissant deviner une sorte de mystère dans l'existence de Mlle Brunnel, fit mal à M. Leverby.

Pas libre ?......

Quels pouvaient être ces liens qui retenaient Mlle Brunnel ? Avait-elle engagé sa parole envers un fiancé ?

Avec sa beauté expressive, elle avait dû éveiller des sentiments profonds. Ce qu'il éprouvait, lui, Leverby, un autre avait pu l'éprouver depuis longtemps !.....

Elle avait bien ce calme, cette entière possession d'elle-même d'une personne qui a irrévocablement donné sa foi.

Mais elle avait trente-cinq ans, et, d'ordinaire, les idylles n'attendent pas si longtemps pour avoir une solution.

A moins que certaines difficultés matérielles : de vieux parents à soutenir ou le manque de ressources pour se mettre en ménage, et ce travail à deux, chacun de son côté, pour arriver à se réunir un jour.

Il y a ainsi de ces bonheurs laborieux qui ne viennent que lentement.

Et M. Leverby eut pitié. Pitié de tant d'années perdues pour un foyer.

Mais pourquoi Madeleine ferait-elle tant de mystère pour cela ? se demanda-t-il soudain. Pourquoi ? Ce ne serait, en somme, qu'une chose très banale, très compréhensible.

Alors il en vint à douter, et, à mesure que, sous l'action de son raisonnement, son cerveau se vidait de cette supposition, quelque chose vint s'accrocher à sa place, quelque chose qui semblait lui avoir grimpé le long des moelles et lui mettait le crâne en feu.

N'était-elle pas mariée ?...

Mariée ?..... Et il lui sembla soudain que quelque chose mourait en lui.

« Bonne Amie » mariée, ce n'était plus « Bonne Amie », et il en vint presque à le crier.

Mariée ?..... Cela lui parut la profanation d'une chose très sainte, l'effondrement d'une grandeur, l'évanouissement d'un beau rêve, et il endura une véritable torture.

Il se sentit submergé par la grande amertume qui monta en lui, et un sentiment d'intense jalousie l'envahit.

Elle avait été abandonnée, très probablement, et, retenue par ses principes, elle se considérait toujours liée à celui qui avait fui, la laissant seule aux prises avec les difficultés de l'existence...

Quoi qu'il fît, quelle que fût la chose qu'il imaginât durant de longues heures de solitude, il revenait toujours à ce point que l'obstacle contre lequel elle s'arrêterait était le mari indigne qui avait fait d'elle une malheureuse victime de ces préjugés d'un autre âge qui ne devraient plus avoir cours maintenant que le divorce a force de loi.

Et Leverby, qui jamais n'avait entendu grand'chose aux lois de l'Eglise, se promettait d'user de tous les moyens de persuasion pour convaincre l'institutrice et la convertir à ses idées.

Mais ce ne serait plus jamais « Bonne Amie », elle ne serait plus l'ange, la sainte qu'il avait rêvée, ce ne serait plus ce cœur neuf, ingénu, sur lequel il eût voulu reposer, cette âme limpide qu'il s'était plu à voir transparaître dans ses beaux yeux.

Et à la façon dont un enfant agite un hochet, il agitait sa douleur pour la faire parler.

Mariée ?..... L'était-elle vraiment ? Veuve, peut-être ?

Qu'elle fût l'un ou l'autre, elle ne serait plus elle, il sentait qu'elle ne pourrait plus lui inspirer ce sentiment qu'il avait éprouvé.

Mais était-elle l'un ou l'autre ?

« Allez loyalement à elle, vous serez renseigné », lui disait Mme Peyras.

Il irait.

Résolu alors, il arrêtait que la première fois qu'il pourrait parler sans témoin à Mlle Brunnel il aborderait la question, mais les jours s'étaient écoulés, il l'avait à différentes reprises rencontrée, elle était même venue dans son bureau au sujet d'une facture que l'on venait toucher, l'occasion s'était sans cesse offerte d'elle-même, et il n'avait pas osé parler.

Bien plus, loin de faire la moindre allusion à quoi que ce fût, il avait même évité de la regarder, dans la crainte qu'elle lût ce qui se passait en lui.

Enfin, un soir, au retour d'une promenade qu'il avait faite au hasard de la marche, perdu plus que jamais dans ses pensées, n'y tenant plus, voulant à tout prix savoir, dût-il en souffrir, mais préférant tout à cette indécision douloureuse dans laquelle il ne cessait de se débattre, il monta d'une traite au premier où il savait trouver l'institutrice avec André.

XXXIV

La chambre de l'enfant était ouverte, et le petit, étendu sur le parquet, les genoux pliés, les pieds en l'air, sa pose favorite, considérait, appuyé sur ses coudes, le menton dans la paume de ses mains, trois ou quatre régiments de soldats de plomb qu'il avait alignés.

Un calme insolite régnait dans la grande pièce où, d'habitude, la voix d'André éclatait joyeuse ou chagrine, selon les cas.

Un peu interdit, M. Leverby s'arrêta sur le palier, une inquiétude irraisonnée montant en lui.

— Oh ! père ! Petit père ! s'exclama André, qui, s'étant tourné de trois quarts, avait aperçu M. Leverby ; elle reviendra, hein, dis ?..... Oui, dis qu'elle reviendra ! C'est déjà tout triste ici.

Il s'était levé, et ses deux petits bras s'étaient écartés et étaient retombés en un grand geste de désappointement.

— Qui, cela ? demanda M. Leverby, dont le regard fit le tour de la chambre et tomba sur Clémence, qui, affaissée sur une chaise basse près de la fenêtre, pleurait dans son tablier.

— Mais « Bonne Amie », petit père, ma pauvre « Bonne Amie », répéta l'enfant, la voix étouffée par sa grande tristesse. Et qu'elle est partie, vois-tu, oui, partie, partie, et qu'elle n'a pas voulu m'embrasser !.....

Oh ! j'ai couru, va ; Clémence criait, mais j'ai couru jusqu'à la grille, alors j'ai vu « Bonne Amie » qui allait vite, vite, et elle était déjà tout loin.

Dis, petit père, dis qu'elle fera pas comme « tite mère »!..... Dis qu'elle ira pas si loin !..... Dis qu'elle reviendra !.....

André trépignait nerveusement. On sentait qu'à mesure qu'il parlait tout en lui s'exaspérait.

— Mais..... mais..... fit M. Leverby, qui se sentit soudain envahi d'un grand froid, bien qu'une sueur abondante lui inondât les tempes, je ne comprends rien. Expliquez-moi donc la chose, Clémence. Que s'est-il passé, en définitive ?

— Ce qui s'est passé ?..... Ah ! Sainte Mère de Dieu !..... Si j'y ai vu plus que du feu, je veux y laisser ma main ! Vous expliquer ? Faudrait d'abord y comprendre quéque chose à cette histoire! Et que je me suis même demandé si ce ne serait pas rapport à ce qu'elle aurait eu des raisons avec Monsieur qu'elle s'en est allée ainsi tout courant.

— Voyons, voyons, dit M. Leverby, essayant de calmer Clémence qui s'exaspérait par degrés, dites-moi seulement comment Mlle Brunnel est partie.

— Ben voilà !..... J'étions à ma cuisine en train de *débarrasser*, pour vous dire, lorsque l'André est arrivé comme ça, avec un air d'escapé qu'on aurait dit que le feu était derrière lui, me crier en pleurant que Mademoiselle me demandait tout de suite. Dame, je suis montée, comme bien vous pensez, sans même prendre le temps de garer mon riz au lait qu'a tenu au fond, et quand je suis arrivée ici, elle avait son chapeau, son manteau, et qu'elle tremblait si fort en mettant ses gants, la pauv'gent, que j'ai dû les lui *aboutonner*. « Clémence, qu'elle m'a dit, je dois m'en aller. » Vous pensez si j'en ai été bleue. « Vous en aller ? que j'ai répété, vous n'y pensez pas, que je suppose ? — Si, il le faut, il le faut absolument. Vous direz à Monsieur..... Elle s'a arrêtée, comme si elle pensait à quéque chose, puis elle a repris : « Vous direz à Monsieur que j'écrirai. — Mais il va revenir, que je l'y ai dit. — Oh ! je ne puis attendre, non, il ne le faut pas. Vous ne savez pas, ma pauvre Clémence, ce que vous me demandez là! Je n'ai que trop tardé, peut-être. » Alors, elle a regardé tout autour de la chambre, comme si toutes sortes de choses allaient sauter sur elle, ma parole, et elle est sortie. L'André s'a mis à crier, parce qu'il voulait l'embrasser, vous pensez bien, et il l'a agrippée par sa jupe, mais elle a tiré dessus, sans prendre garde qu'elle bousculait l'enfant qui est quasi tombé sur le palier, et elle est descendue en courant les escaliers. Le petit l'a poursuivie jusqu'à la grille, qu'il en a même perdu une de ses pantoufles en chemin, le pauvre gamin, mais Mademoiselle était déjà de l'autre côté et avait tiré la grille sur elle sans se retourner. Je n'vous dis que ça ! V'là deux heures, ma parole, que je m'mange les sangs pour savoir ce que cela veut bien dire, et si vous n'en savez pas plus long, nous v'là ben avancés !

— Elle n'a donc rien expliqué ?

— Non, rien. Elle était blanche, mais blanche ! Seigneur ! Je ne l'ai jamais vue ainsi, que c'était, je vous le dis bien, à faire pitié. Elle a dû avoir un rude chagrin, tout de même, on ne m'ôtera pas ça de l'idée. Et le gosse, avec ça, qui s'avait accroché à la grille, comme qui dirait un petit singe, et qui ne voulait pas lâcher. Ce que j'ai dû lui en rendre des raisons et lui conter des fariboles pour l'avoir de là, où il aurait ameuté tout le village, car il criait comme un brûlé.

Au milieu du chaos tumultueux d'une foule de suppositions, qui lui paraissaient aussi insensées les unes que les autres, et parmi lesquelles M. Leverby se débattait comme en un cauchemar angoissant, il s'arrêta soudain à deux d'entre elles.

Plus plausibles, sans doute, que les autres, ces deux suppositions n'en étaient cependant pas pour cela moins torturantes pour lui.

Ou Mlle Brunnel avait été instruite par Mme Peyras, et c'était lui qu'elle fuyait, lui de qui elle ne voulait rien entendre.

Ou bien, répondant à un appel, elle était allée vers ce mystère qui était pour elle un lien, vers cet obstacle dont sa belle-sœur ne pouvait lui révéler la nature, et qui, depuis un certain nombre de jours, l'angoissait.

Mais dans l'un ou l'autre cas, elle avait dû recevoir une lettre, un message quelconque, une visite, peut-être ?.....

— Elle n'a rien reçu par le courrier ? demanda-t-il, la voix changée, comme si quelque chose en lui venait de se briser.

— Non, il n'y avait que vot' journal. Et puis, vous l'savez

ben, c'est pas elle qui reçoit des tas de lettres, la bonne gent, elle est ce qu'on peut dire à la bonne mode, comme qui dirait moi, ni plus ni moins.

La bonne vieille cuisinière, en vrai type « à la bonne mode », ne recevait guère que trois ou quatre fois par an une lettre de sa nièce Angélique, qui, selon la formule classique, « mettait la main à la plume pour lui dire que tout allait bien dans le ménage du bon Clément et qu'elle espérait que la présente la trouverait de même ».

La pauvre « Bonne Amie » n'avait guère plus de correspondance, faut-il croire, ce qui ajoutait à l'estime que Clémence éprouvait pour elle.

— Et personne n'est venu la voir ?

— Qui que vous voulez qui soit venu, Seigneur ?

— Mais, mais, tout cela est étrange, étrange, murmura M. Leverby se parlant à lui-même.

Et, entre haut et bas :

— Il faut que je sache, cependant.

— Eh! bonté du ciel ! Quoi que vous sauriez donc ? Qui que vous voulez qui vous dise quéque chose ?

Les yeux distraits, quelque chose de très lointain dans le regard, M. Leverby considérait André, qui, avec l'insouciance de son âge, s'était remis à jouer avec ses soldats de plomb.

— Oui, il faut que je sache, répéta-t-il, continuant sa pensée, sans tenir compte de l'interruption de Clémence, il le faut.

Il prit son chapeau, qu'il avait déposé sur une chaise, s'inclina sur André qu'il embrassa affectueusement, et, sans regarder Clémence, comme s'il redoutait une explosion de sa part :

— Ne m'attendez pas ce soir, je ne sais quand je rentrerai.

— Dieu du ciel ! Où voulez-vous aller la trouver à cette heure qu'il fait quasiment nuit ?

Mais attendez donc qu'elle écrive ! Et que vous n'avez pas dîné, qui plus est, et qu'il y a justement une bonne friture qu'on vient d'apporter de l'écluse ; des truites saumonées..... Ah ! faut-y..... faut-y !.....

Mais M. Leverby refermait sur lui la grille du jardin, et Clémence entendit se perdre au loin le bruit du grelot de sa bicyclette.

— Oh ! avou leu vélo, ils sont tertous comme le *diabe*, y a rin à leu dire.

Et, appelant André, elle descendit avec lui à la cuisine pour lui servir son petit dîner.

XXXV

Cela parut à Clémence comme au plus mauvais temps, après la mort de la pauvre Madame, que ce dîner pris ainsi avec André sur un coin de la grande table de la cuisine.

L'enfant, l'oreille tendue au moindre bruit, ne mangea pas plus que ce triste soir où « tite mère », reposant dans le grand salon, on lui avait dit qu'elle était partie.

« Bonne Amie » aussi était partie maintenant, et pas plus que « tite mère » elle ne l'avait embrassé avant de s'en aller.

Et il souffrait, le pauvre petit, à l'idée de ces lointains voyages qu'entreprenaient, l'une après l'autre, celles qu'il aimait. Sa pauvre petite intelligence flottait dans un vague douloureux.

« Bonne Amie » était-elle allée rejoindre « tite mère » dans ce beau Paradis d'où, elle le lui avait dit, on ne revient jamais ?

Il ne lui fallut ni histoires ni chansons ce soir-là, et ce ne fut que très tard qu'il s'endormit en pleurant.

. . . .

M. Leverby, la tête en feu, les tempes battant à se rompre, avait filé à une allure vertigineuse vers la gare de Monty.

Nul doute pour lui que c'était la direction que Mlle Brunnel avait prise en sortant de chez lui.

Peut-être l'y trouverait-il encore, si elle n'avait pas eu le train qui devait la conduire à destination, et, en tout cas, il apprendrait là, en questionnant le personnel de la gare, le lieu où elle s'était rendue.

Monty est à huit kilomètres de Chavette-Saint-Brice.

La route qui y mène est large, bordée en partie de vieux peupliers, derniers vestiges de l'ancienne plantation et déjà marqués d'une entaille pour l'abatage, et d'arbres fruitiers grêles, tordus et ébranchés par les bourrasques.

La nuit tombait douce, enveloppante comme une caresse,

noyant tout dans une jolie grisaille de rêve. Un suave parfum montait des prés et des champs qui s'endormaient. De temps à autre, un meuglement sortait d'un paquis, l'aboiement d'un chien de garde y répondait. Il y avait partout des bruissements d'ailes, des froissements d'élytres, des frôlements indistincts. Quelques oiseaux de nuit planaient mollement dans l'air alangui.

Au loin quelques masses sombres, piquées de points de lumière semblables à des lucioles, indiquaient de petits hameaux blottis au fond du vallon.

M. Leverby eût pu les nommer tous, car il les connaissait. Il eût pu dire quelle était cette lueur sournoise qui paraissait se dérober derrière un taillis, ou cette autre qui éclatait hardie dans une échancrure de hauts buissons. Il eût pu dire aussi d'où montait ce parfum de trèfle incarnat qui enivrait, et celui de verveine qui ranimait.

Mais M. Leverby allait sans rien voir, sans rien entendre, sans rien sentir ; il allait dans le joli soir gris, poussé autant par la hâte anxieuse qu'il avait d'arriver à Monty que par celle, non moins anxieuse, de fuir sa grande maison où un nouveau vide venait de se creuser.

En moins de dix minutes, malgré les côtes assez raides qu'il avait eu à gravir, M. Leverby avait franchi la distance.

Ruisselant de sueur, il pénétra dans la petite gare où quelques quinquets fumeux venaient d'être allumés.

En quelques enjambées, de cette allure délibérée d'homme qui se sent un peu partout le maître, il traversa les salles d'attente vides et arriva sur le quai.

Un train partait. C'était le train de frontière, un petit train léger faisant le va-et-vient.

Le chef de gare, qui sortait de son bureau, aperçut M. Leverby et se dirigea aussitôt vers lui.

— Ah ! s'exclama-t-il, vous voyagez donc, ce soir ?

M. Leverby eut une légère hésitation.

— Fichtre ! je ne sais trop, finit-il par dire un peu embarrassé, c'est oui ou non, suivant la façon dont je parviendrai à m'orienter.

Vous pourriez peut-être me rendre un grand service, mon cher Boumard ; j'ai un renseignement à vous demander ; vous serait-il difficile, en ce moment, de m'accorder quelques minutes d'entretien ?

D'un regard expressif, M. Leverby avait comme ramassé le quai de la petite gare, pour bien faire comprendre à son interlocuteur que ce n'était pas précisément là qu'il voulait lui parler.

Le bon Boumard avait aussitôt compris.

— Nullement, je suis libre, au contraire, et je me mets à votre disposition, Monsieur Leverby.

Et tirant sa montre, il regarda l'électrique de la gare.

— L'express de Paris passe dans vingt minutes, dit-il, j'ai jusque-là.

Et il introduisit M. Leverby dans son bureau.

C'était une pièce maussade, au plancher de chêne délavé montrant, pourrait-on dire, la corde ; aux murs enfumés garnis d'un côté de rayonnages où se voyaient quelques cartonniers. Du plafond bas, comme écrasé, pendait une lampe dont le large abat-jour vert rabattait la lumière sur une grande table couverte de paperasses administratives.

L'atmosphère y était lourde de tabac, de bitume et de phénol.

— Mon pauvre Boumard, fit Leverby, de ce ton sur lequel il avait promis tant de ponts, de lavoirs et de petits rubans, il faudra bien que l'on pense à vous un de ces jours, car c'est infect ici.

Et il s'assit négligemment sur la première chaise venue.

Le pauvre Boumard, entrevoyant déjà une seconde classe, fut tout rasséréné et disposé à rendre tous les services possibles à M. Leverby.

— Voici ce que je voudrais savoir, fit celui-ci. N'est-il pas arrivé ici, il y a une heure ou deux, une femme assez jeune, un peu grande, de mise très soignée, quoique simple, pour prendre le train ?

Tout entier à ses préoccupations, il avait débité cette phrase d'une traite, sans s'arrêter à ce qu'elle avait d'insolite, ni aux commentaires auxquels elle pouvait donner lieu.

L'autre fit un mouvement, dévisagea M. Leverby, non sans quelque surprise, trouvant, sans doute, peu banale cette poursuite intempestive à 9 heures du soir jusque sur le quai de sa petite gare.

— Quel train ? demanda-t-il, subitement intéressé et la voix un peu couverte pour engager à la confidence.

— Ah! voilà le hic, c'est que je l'ignore absolument. A-t-elle même pris le train ? Je ne sais. Je ne suis, en réalité, venu ici que sur des hypothèses, supposant bien que ce n'était que vers la gare qu'elle avait dû se diriger en sortant de chez moi. Enfin, s'il en est ainsi, il est de toute importance que je sache au plus tôt la direction qu'elle a prise, et, si vous pouviez m'y aider, mon cher Boumard, je vous en serais bien reconnaissant.

— C'est donc quelqu'un de chez vous ?

— Oui, l'institutrice de mon fils, qui, en mon absence, a quitté, je dirais furtivement, la maison sans que rien pût faire prévoir ce départ. Cela me donne l'impression d'une fuite que rien, absolument rien n'explique, à moins qu'il ne se soit passé quelque chose à mon insu, mais que serait-ce ? Vous me voyez dans une réelle anxiété à son sujet.

M. Leverby n'avait pas besoin de grandes protestations pour faire croire à cette anxiété : elle émanait de toute sa personne; on sentait en lui plus que le souci, l'inquiétude que pourrait causer le départ fortuit d'une institutrice si indispensable qu'elle pût être, et, sans l'angoisse qui se lisait dans son regard, sa démarche peu mesurée, l'exposant à tous les commentaires, disait à elle seule le désarroi dans lequel il se trouvait.

Le chef de gare resta un moment pensif, se demandant, un peu amusé au fond, si c'était de l'ébauche ou du dénouement d'une idylle qu'il était en ce moment le témoin, puis, trouvant que certains faits pourraient bien coïncider avec les recherches de M. Leverby :

— Encore jeune, dites-vous, mais elle aurait bien une trentaine d'années tout de même, fit-il la mémoire tendue, semblant analyser un type qu'il n'avait sans doute fait qu'entrevoir.

— Elle a trente-cinq ans, mais en paraît à peine trente, s'empressa de dire M. Leverby, heureux de s'accrocher à ce léger indice.

— Un peu grande, très mince, cheveux bruns abondants, sourcils presque noirs, grands yeux très expressifs, profil très régulier, énuméra-t-il, semblant se complaire à ce signalement, comme si le souvenir de la personne qu'il lui rappelait lui était sympathique.

— Elle était coiffée d'un canotier noir ?

M. Leverby, trop ému pour répondre, ne put que faire un signe affirmatif, tandis que son regard continuait à interroger avidement.

— Mais c'est cela, alors !..... on ne peut plus cela, Monsieur Leverby, il n'y a pas le moindre doute que ce soit la personne que vous cherchiez.

— Et cette personne ? articula péniblement M. Leverby.

— Elle vient de partir immédiatement, son train filait précisément lorsque vous êtes arrivé : deux secondes plus tôt, vous la rencontriez. Gredin de sort ! faut-y qu'à deux secondes près vous la ratiez ainsi ! D'autant plus que.....

Et le chef de gare, rejetant d'un coup nerveux sa casquette dans sa nuque, se renversa les bras croisés sur le dossier de sa chaise.

XXXVI

Partie !.....

Il sembla à M. Leverby revoir le train qui démarrait lentement, lentement, avec de légers pouf pouf, en bon petit train qui sait qu'il a toujours le temps d'arriver, aucune correspondance ne l'attendant.

Et il l'avait manqué de deux secondes, ce petit sabot !.....

Les sourcils froncés, il regardait par la porte ouverte sur l'intérieur de la gare les longs rubans de rails qui luisaient faiblement à la lueur de quelques lanternes piquées çà et là dans les entre-voies.

C'était sur ces longs rubans qu'elle avait glissé pour lui échapper, et machinalement il les suivit par la pensée aussi loin qu'il put.

Soudain, comme sous l'effet d'un choc violent, il tressaillit, et quelque chose d'ahuri dans le regard dont il enveloppa le chef de gare :

— Mais alors..... mais alors, c'est donc par le train belge qu'elle est partie ?

— Oui, par le train belge.

— C'est à ne rien y comprendre, murmura M. Leverby.

— Comme vous le dites, il a dû se passer quelque chose de

grave que vous ignorez, fit le bon Boumard. Cette personne est arrivée longtemps avant l'heure du départ. Elle était très pâle et semblait en proie à une violente émotion, au point que cela a frappé le distributeur de billets à qui elle a demandé un billet pour Sainte-Marie.

Comme il lui posait la question habituelle « et retour? », ce qu'il fait toujours, du reste, elle a vivement fait signe que non ; puis il l'a vue chanceler, elle a essayé de s'accrocher à la tablette du guichet, mais ses doigts ont lâché prise, et elle serait certainement tombée si quelques bonnes femmes qui se trouvaient là ne s'étaient immédiatement précipitées pour la retenir.

L'une d'elles est allée chercher je ne sais quoi à l'hôtel de la Gare.

Sur ces entrefaites, on était venu me prévenir et j'étais arrivé. Elle a ouvert les yeux, nous a tous regardés avec une sorte d'épouvante et a murmuré :

— Oh ! mon Dieu ! je n'arriverai pas! Je n'arriverai jamais! Oh ! que c'est donc triste !

Et elle s'est mise à pleurer.

— Où donc que vous allez? lui a demandé une bonne grosse mère qui revenait de la foire.

— Justement, elle va à Sainte-Marie comme vous, Madame Bongrain, dit l'employé qui, après avoir délivré les billets, sortait du bureau.

Il faut connaître la mère Bongrain : rustique comme du pain d'orge, mais bonne comme lui, c'est une brave commère qui se mettrait en quatre pour venir en aide à quelqu'un qu'elle voit dans la peine.

— Ben, pour lorsse, faut pas vous tourner les sangs, ma belle, comme el dit Mosieur, j'y va, moë, à Sainte-Marie, et vous farez route avou moë, pardi.

Et la mère Bougrain, qui est robuste, a pris la voyageuse par le bras et l'a fait monter avec elle dans le train.

Voilà ce dont j'ai été témoin, il y a à peine un quart d'heure.

Cela ne dit pas que cette dame soit l'institutrice de votre fils, mais si vous la reconnaissez dans le signalement que je vous en ai donné, je trouve le doute difficile. Enfin, la route qu'elle aurait faite à pied de Chavette-Saint-Brice ici expliquérait cette défaillance dont elle a été prise. Tout cela est autant d'indices, ou pour mieux dire autant de preuves, à mon avis.

M. Leverby, un coude appuyé sur la table, le menton dans sa main, avait écouté ce récit avec un intérêt mêlé de la plus vive stupéfaction.

En réalité, il se trouvait de plus en plus déconcerté.

Si, dès le premier instant, il avait trouvé que la façon dont Mlle Brunnel avait quitté sa maison ressemblait à une fuite, maintenant qu'il avait la quasi certitude qu'elle avait passé la frontière, cette idée s'accentuait davantage.

Décidément, le mystère qui entourait cette inconnue prenait une bien étrange tournure et commençait à lui paraître, en quelque sorte, suspect.

Pourquoi cette précipitation ?..... Pourquoi cette crainte de ne pas arriver ?.....

Pourquoi surtout la Belgique ? ce pays dont jamais elle n'avait parlé ?

C'est donc qu'elle était attendue par là ? Et par qui ?

Par quelqu'un, sans doute, qui avait jugé prudent de se mettre à l'abri d'une frontière ?

C'était pour ce « mystère », alors, que parmi les situations qui lui avaient été proposées elle avait choisi Chavette-Saint-Brice, qui était plus proche, et en avait accepté toute la monotonie !

Une sourde révolte monta en lui. Il se trouvait lésé dans la confiance qu'elle lui avait inspirée, lésé dans les sentiments qu'elle avait éveillés en lui, lésé dans ce culte idéal qu'il lui avait voué ! Il se trouvait joué, trompé, volé en quelque sorte!

Oui, volé, puisqu'elle avait tout emporté, jusqu'au souvenir, jusqu'au rêve !..... Volé, puisque ce titre de « Bonne Amie » qu'André lui avait si généreusement donné, elle l'emportait avec elle vers ce mystère angoissant !

« Bonne Amie » ! Ce nom lui parut en ce moment une cruelle ironie, et quelque chose se tordit douloureusement en lui.

— A quelle heure y a-t-il un train pour Sainte-Marie? demanda-t-il, se tournant d'une pièce vers le chef de gare.

Décidé à trouver le mot de l'énigme, il irait à Sainte-Marie, et, dût-il retourner le village, il saurait.

— Le dernier vient de partir, il n'y en aura plus avant 5 heures du matin, fit Boumard.

M. Leverby resta un moment songeur, arrêtant mentalement la meilleure façon de s'en tirer sans ennuis, puis brusquement :

— Va pour demain. Seulement je ne retourne pas à Chavette.

Et il serra la main du chef de gare.

Celui-ci, passablement ahuri, ne comprenant absolument rien à ces choses sous lesquelles, lui aussi, à sa manière, flairait un mystère, regarda partir M. Leverby.

Et comme l'express était signalé, il s'avança à bord de quai.

XXXVII

Il était 6 heures du matin quand, le lendemain, M. Leverby arriva à Sainte-Marie.

Sainte-Marie est une toute petite gare, rien qu'une gare perdue seulette au milieu des champs.

De son petit quai sans « marquise », où, dans un parterre ménagé au milieu du dallage, fleurissent des rosiers, on aperçoit, à une certaine distance, un tout petit hameau perdu dans un bouquet de verdure d'où pointe un joli clocher gris.

Le soleil éveillait en ce moment l'or de sa girouette qui scintillait sur le ciel bleu.

Déçu en face de cet isolement qu'il n'avait pas prévu, et devant lequel le train qui s'en allait semblait l'avoir jeté, M. Leverby avisa un lampiste qui, en ce moment, traversait la voie avec une cargaison de burettes et de chiffons graisseux.

Le dos un peu courbé, l'homme avançait mécaniquement de ce pas lent, mais très mesuré, qui devait le conduire sans fatigue jusqu'au soir.

— C'est bien Sainte-Marie que l'on aperçoit par là ? demanda M. Leverby, indiquant à bout de bras les arbres et le clocher.

L'homme regarda dans la direction et hocha la tête.

— Que nenni, fit-il ; ce que vous voyez là, c'est Saint-Lambert. Sainte-Marie se trouve de ce côté, dit-il, désignant d'un léger coup du menton un point tout opposé qu'une élévation de terrain masquait entièrement.

— Bon, grommela M. Leverby, qui trouva, sans doute, que pour baptiser la gare on était allé chercher la marraine un peu loin. Quelle distance y a-t-il à peu près d'ici ? demanda-t-il sans la moindre conviction, sachant très bien que dans les campagnes on n'est jamais exactement renseigné sur ce point.

— Pour ça, ce n'est pas bien long, allez, surtout si vous prenez par le raccourci, et ça vous sera facile car il fait sec. Tenez, c'est ce petit chemin à gauche, il vous y conduira tout droit, quasiment les yeux fermés, pour bien dire.

Il n'y en a guère que pour un quart d'heure, vingt minutes au plus.

M. Leverby fut généreux ; il accorda qu'il fallait bien une petite heure au moins, et, les mains dans ses poches, il s'engagea allègrement, mais sans la moindre illusion, dans le raccourci.

Ce n'était, à vrai dire, qu'une étroite séparation entre un champ d'avoine et un champ de pommes de terre, juste l'espace voulu pour y poser le pied, sans toutefois « fermer les yeux », car la charrue l'ayant entamé en différents endroits, y avait creusé de petits fossés qu'il fallait franchir ou contourner.

La matinée était très belle ; des alouettes planant très haut, presque invisibles, gazouillaient, perdues dans les profondeurs du ciel bleu. La terre surchauffée de la veille exhalait un brouillard léger qu'une brise paresseuse pelotonnait tout doucement sous le soleil qui allait le boire à longs traits ; tout présageait une chaleur torride pour le milieu du jour, et M. Leverby se hâtait.

Dans l'air qui, peu à peu, se vidait de brume et devenait rosé, des sons de cloches montaient, tandis qu'un chuchotement de choses qui s'éveillent rampait parmi les champs.

A mesure que M. Leverby approchait du but de son voyage, il devenait perplexe.

Cette démarche que, depuis la veille, il jugeait si raisonnable, s'imposant même presque, lui apparaissait soudain comme des plus intempestives.

En somme, qu'allait-il faire à Sainte-Marie ?

On eût dit vraiment que, de même que le brouillard se dissipait, toutes les pensées qui justifiaient ce voyage s'évanouissaient, faisant place à la froide raison qui interrogeait.

De fait, Mlle Brunnel avait promis d'écrire. Pourquoi n'avait-il pas attendu? Pourquoi cette hâte de s'enquérir, cette précipitation, en quelque sorte enfantine, à aller au-devant d'une chose au sujet de laquelle il ne devait pas tarder à être renseigné ?

A quel titre se permettait-il de poursuivre ainsi, jusqu'à l'étranger, une personne qui ne lui était rien et n'avait fait, en réalité, qu'user de sa liberté ?.....

A chaque pas, une pensée s'évanouissait, une objection tombait, laissant M. Leverby désemparé.

En fin de compte, qu'allait-il prétexter pour aborder l'institutrice ?

Un seul moyen s'offrait pour expliquer son empressement à la suivre : c'était, quelles que fussent les circonstances, quel que fût le milieu où il allait la trouver, de lui faire aussitôt part de ses projets.

Mais si, comme disait Mme Peyras, elle n'était pas libre?.....

Et ses idées recommencèrent à tourner.

Quand il arriva au haut de la colline, tout en vue de Sainte-Marie, qui n'était plus qu'à quelques pas, il avait fini par se convaincre qu'à tout prendre les choses avaient peut-être tourné de la sorte pour lui faciliter cette demande en mariage qu'il n'avait osé formuler jusqu'ici.

Des maisons roses et blanches, coquettement coiffées de tuiles rouges d'où s'échappait par la cheminée la fumée blanche et légère du premier feu du matin, une église trapue au clocher carré, au long toit pointu s'étendant en larges ailes couveuses sur les bas-côtés un peu écrasés ; des arbres, des buissons, un ruisseau, c'était Sainte-Marie qu'une gare desservait..... à une petite heure par le raccourci.

C'était M. Leverby qui venait de le constater en tirant philosophiquement sa montre dès les premières maisons.

Il se dirigea vers une auberge qui faisait angle à l'entrée du village.

La façade rose sur laquelle un large espalier soigneusement conduit mettait sa note d'un beau vert lustré avait quatre fenêtres et une porte. Il y avait sur le côté une autre porte par laquelle passait la volaille, et une petite fenêtre donnant sur une étable où meuglait un veau.

Les quatre fenêtres de la façade, où s'épanouissaient des géraniums, éclairaient une grande salle où M. Leverby entra.

Très gaie, cette salle aux murs d'un vert-gris très doux, au plafond élevé, au carrelage rouge bien sablé. De petites tables de sapin, entourées de chaises en bois tourné, y étaient symétriquement alignées, le comptoir de zinc était éblouissant de propreté, et le soleil qui entrait à flot faisait scintiller les verres et les flacons d'une grande étagère appliquée sur une glace et qui prenait la moitié d'un panneau.

Dans un coin de la salle, près de la fenêtre du fond, le patron de l'établissement, une forme entre les genoux, la pipe entre les dents, ressemelait un soulier et fumait à petits coups.

— Pourriez-vous me dire, Monsieur, demanda en saluant M. Leverby, où habitent dans ce village des Brunnel ?

L'homme releva ses lunettes qui lui barrèrent le front, dévisagea le voyageur, et après un silence, durant lequel il parut réfléchir :

— Des Brunnel, dites-vous ?

— Oui.

— Il n'y a pas, que je sache, de Brunnel à Sainte-Marie, à moins qu'ils ne soient arrivés depuis peu, et cela m'étonnerait de ne pas en avoir entendu parler, car, vous savez, au village tout se sait. Brunnel..... Brunnel, murmura-t-il. Non, je ne connais pas. Hé, Mélie ! cria-t-il, viens donc un peu ici !

On entendit un jet de sabots sur les dalles du corridor, puis des pas précipités de chaussons, et Mélie, la femme du patron, accorte villageoise aux mouvements serviables et empressés, pensant qu'il s'agissait d'une consommation à servir, entra en essuyant du coin de son tablier ses mains frisées par la lessive qu'elle venait d'abandonner.

— Connais-tu des Brunnel, par ici ? lui demanda son mari.

De la mousse de savon jusqu'au coude, Mélie, tout en se frictionnant machinalement les avant-bras, prit un air chercheur.

Puis, après un moment, comme si elle venait de feuilleter en esprit tout le Bottin du village :

— Non, ma fine, j'connaissons pas. Esque ce seraient pas des gensses de Saint-Lambert, des fois ? demanda-t-elle à M. Leverby, supposant bien que c'était lui qui s'informait.

— Non, c'est bien Sainte-Marie, fit M. Leverby.

— Qu'est-ce qu'ils font les Brunnel ? demanda Mélie.

— Je n'en sais rien, mais on m'avait dit que je les trouverais à Sainte-Marie.

Et tout perplexe il allait prendre congé de ces braves gens, en s'excusant de les avoir dérangés, quand un nom que lui avait dit la veille le chef de gare, et auquel il n'avait pas songé jusqu'à ce moment, lui revint soudain à la mémoire.

— Et Madame Bongrain, habite-t-elle Sainte-Marie ?

— La mère Bongrain ? Pardi, oui, allez, et c'est pas loin même qu'elle reste. Tenez, fit Mélie s'avançant sur le seuil, c'te petite maison blanche que vous voyez tout là-bas, le long du caniveau ousque des canards barbotent et ousqu'il y a des *gérâriums* à la fenêtre. C'est tout là, et elle est chez elle aujourd'hui.

Et le long bras de Mélie indiqua une petite maison à laquelle un toit en visière donnait un petit air renfrogné et méfiant.

XXXVIII

M. Leverby se dirigea vers la demeure de Mme Bongrain, suivi du regard curieux des voisins que la voix criarde de Mélie avait attirés sur leurs portes.

Après avoir contourné des tas de fumier, enjambé des flaques d'eau stagnante, sauté au-dessus du caniveau par lequel se déversaient les eaux de la fontaine, M. Leverby entra chez la Bongrain.

La mère Bongrain ne ressemblait pas à sa maison. Ni renfrognée, ni méfiante, c'était une bonne grosse réjouie au petit bonnet soigneusement tiré sur des bandeaux très lisses, et au large tablier de toile bleue entourant, comme en un fourreau, ses hanches rebondies.

En ce moment, debout près de la pierre d'évier, devant une charpagne en écorce, la mère Bongrain épluchait des pommes de terre.

A l'entrée de M. Leverby, elle se retourna, le couteau d'une main, une pomme de terre dont la pelure tirebouchonnait de l'autre, quelque chose d'ahuri dans ses petits yeux d'un bleu un peu fané.

— Veuillez m'excuser de vous déranger, Madame, dit M. Leverby, mais c'est bien vous qui, hier soir, avez ramené à Sainte-Marie une personne qui s'était trouvée indisposée à la gare de Monty ?

— Oui, Monsieur, et qu'elle m'a vraiment fait peine, la pauv'gent !

Si c'est pas une pitié de voyager dans des états pareils, bonté du ciel !

— Elle était donc si malade ?

— Malade ! C'est rien de l'dire, là ! Enfin, à c't'heure elle est bien soignée, bien dorlotée, elle a tout ce qu'il y faut, quoi.

— Dans sa famille, alors ?

— Oh ! que nenni ! Mieux que ça, là, comme on dit. C'est chez les *ma Sœurs* qu'elle m'a dit que je la conduise, et qu'elle a été bien reçue, qu'il fallait voir. Dieu du ciel ! c'était comme qui dirait l'enfant de la maison. Et qu'on ne savait que m'offrir, et que j'ai tout de même accepté un petit verre de ratafia pour leur faire plaisir.

— Vous avez donc des religieuses, par ici ? demanda M. Leverby, profitant d'une reprise d'haleine de la mère Bongrain pour poser sa question.

— Des religieuses ! Ben là, dame, puisqu'on les a chassées de leu pays, les pauvres, elles ne peuvent tout de même pas se fiche à la mer, ces filles-là !..... Ah ! ben oui qu'on en a, et qu'on en z'est ben content, je vous assure. Paraît qu'y a une satanée loi contre elles, par là, fit la mère Bongrain montrant d'un coup de tête le fond de la chambre qui, sans doute, était orienté vers la frontière. C'est pour sûr le *diabe*, allez, qui fait ces coups-là, et si j'tenions un Français, j'veux dire une de ces canailles qu'ils appellent chez eux des radicaux, j'vous fiche mon billet qu'il ne passerait pas un bon quart d'heure.

Le petit couteau pointu avec lequel gesticulait la mère Bongrain avait quelque chose de si menaçant, et il y avait dans l'attitude et le regard de la bonne grosse paysanne une telle résolution que M. Leverby, n'ayant aucun goût pour essayer du quart d'heure que la mère Bongrain tenait en réserve, prit très prudemment son plus aimable sourire :

— Oh ! je vous comprends, Madame, oui, je vous comprends, fit-il de l'air le plus convaincu.

Et le plus beau du jeu, c'est qu'à ce moment ce charmant

blocard du rouge le plus accentué comprenait parfaitement :

— Comment donc, si je vous comprends ! s'exclama-t-il admirablement.

Le geste, la parole, tout s'harmonisait ; le bon Leverby était vraiment à *instantanéiser*.

Et tandis que le petit couteau de la mère Bongrain revenait pacifiquement à la pomme de terre qui attendait :

— Voudriez-vous me dire où demeurent les Sœurs, Madame ? demanda M. Leverby de son air le plus *Eliacin*.

— Ben, c'est facile. Vous suivez la route, et c'est passé l'église tout au *de-bout* du village, fit la brave commère, pensant bien avoir affaire au meilleur homme qui fût.

M. Leverby, après l'avoir remerciée, suivit le chemin indiqué.

Chez les Sœurs !..... Il allait chez les Sœurs, lui, Leverby, clé de voûte du radicalisme dans l'arrondissement de Monty !.....

Fichtre !..... Si à ce moment la Fédération radico-républicaine me voyait, pensait-il, nul doute que je serais du coup versifié, chansonné sur tous les airs !

Et Montet !..... Et Berchat !.....

Et un petit frisson d'aise lui passait à l'idée que Montet et Berchat, retenus ce jour-là par un Comice agricole à l'autre bout du département, étaient à cent lieues de se douter de l'équipée de leur chef de file.

Néanmoins, savoir Mlle Brunnel chez les Sœurs lui était d'un grand soulagement. Il s'était attendu à toute autre chose, et, lui semblait-il, cela se simplifiait singulièrement.

Il n'avait plus maintenant le moindre doute que Mme Peyras eût averti l'institutrice, et que celle-ci, obéissant à un sentiment très délicat, se fût retirée en attendant qu'il se déclarât formellement. Ces Sœurs où elle était allée chercher un refuge devaient être celles qui l'avaient élevée et auxquelles elle était restée attachée.

Peut-être, même, n'aurait-il pas à expliquer sa démarche, Mlle Brunnel l'attendant très probablement.

Et, comme il avait dit à Mme Bongrain quelques instants auparavant, il répéta, absolument convaincu cette fois :

— Cela se comprend !

Enfin, ayant dépassé l'église, il se trouva tout au *de-bout* du village, comme disait Mme Bongrain, et s'arrêta devant une petite maison blanche entourée d'un grand jardin.

Une image du Sacré-Cœur en émaillé, fixée par quatre vis au milieu de la porte, lui fit comprendre que c'était bien là le petit monastère où les exilées s'étaient réfugiées.

Après une légère hésitation, il agita doucement la sonnette dont le son grêle le fit tressaillir d'une sorte de malaise qu'il n'eût pu expliquer.

Quelques minutes s'écoulèrent, puis un pas traînant se fit entendre, une clé tourna dans la serrure, un verrou fut tiré, et une vieille religieuse, s'appuyant sur une canne, entr'ouvrit la porte.

Vieille, toute vieille, son petit visage tout enfoui, comme fondu dans sa cornette, elle regarda en clignotant le visiteur et s'écarta gauchement — car ses jambes paraissaient lui refuser tout service — pour l'introduire dans un petit parloir, sorte de loge, tout près de la porte, où les persiennes fermées faisaient régner une demi-obscurité.

M. Leverby avait déjà pénétré dans bien des demeures, il en avait vu de tous les genres, ayant franchi le seuil des chaumières, des maisons bourgeoises, des hôtels de la finance, des palais d'ambassades, et s'était aventuré dans les couloirs de tous les ministères. Cet homme de toutes les situations avait, au cours de sa carrière, goûté de tous les étonnements, de tous les émois, de tous les ahurissements même en se trouvant, par le fait des circonstances, dans des milieux dont il ignorait les aitres, mais jamais, peut-être, il n'avait éprouvé l'impression vive qui le déconcertait en ce moment.

Cette petite chambre au plafond bas, aux murs blanchis sur lesquels se détachaient en noir un grand crucifix de bois et quelques cadres où jaunissaient de vieilles gravures de piété, ce bénitier de faïence et ce rameau de buis fixés au chambranle avec un pauvre petit nœud fané, auquel pendait une médaille, lui firent l'effet d'un jugement très froid, très sévère qui le fouillait soudain, et lui, l'homme de tous les aplombs, de toutes les audaces, éprouva une sorte de confusion.

L'air qu'il respirait lui faisait mal, et quand, à la question de la religieuse s'informant du motif de sa visite, il demanda si c'était bien Mlle Brunnel qui était arrivée chez les Sœurs la veille au soir, sa voix résonna d'une façon étrange dans le petit parloir, et il lui parut que c'était un autre que lui qui avait parlé.

Sans répondre, la Sœur lui montra un siège.

— Je vais avertir notre chère Mère, dit-elle, et si Monsieur voulait me dire qui je dois annoncer.

— Leverby..... Leverby, de Chavette-Saint-Brice, fit-il précipitamment, comme si ce nom qui avait été acclamé dans toutes les salles de mairie de l'arrondissement de Monty lui paraissait soudain avoir ici une signification toute particulière. Du reste, se hâta-t-il d'ajouter, Mlle Brunnel me connaît, elle a été l'institutrice de mon enfant. Veuillez lui dire, je vous prie, que je désire la voir.

La religieuse, après s'être inclinée, se retira.

XXXIX

Resté debout, M. Leverby, les bras ballants, les yeux tantôt au plafond, tantôt sur le parquet où s'espaçaient en face des chaises de paille de petits ronds en lisière, prêtait l'oreille au moindre bruit, ennuyé outre mesure, et pestant contre ce silence qui l'enveloppait.

Ah ! dame, s'il avait su, il aurait certes attendu qu'elle écrive plutôt que d'être venu la relancer jusqu'ici !

Oui, s'il avait pu supposer qu'à la recherche de Mlle Brunnel il échouerait piteusement dans un couvent, il ne l'aurait, à coup sûr, pas entreprise.

Non, mille fois non !.....

Et que diable, que diable avait-elle à venir se fourrer ici ?

Et cette Sœur qui ne lui avait pas dit seulement si Mlle Brunnel était dans la maison ! Car il n'en était pas bien sûr encore ; ce n'était, en fin de compte, qu'une hypothèse, une simple supposition qui l'amenait là !

S'entendent-elles à faire des mystères, ces nonnettes ! Comme s'il fallait la chère Mère pour dire si oui ou non Mlle Brunnel est arrivée la veille.

La chère Mère !..... Pourquoi pas l'évêque ? le Pape ? tant qu'on y était.

Enfin le grésillement d'un chapelet arriva jusqu'à lui, la porte s'ouvrit doucement, et la chère Mère apparut.

C'était une personne d'un certain âge. D'une taille au-dessus de la moyenne, elle avait un grande aisance dans l'attitude et les manières. Ses traits avaient une grande distinction, et sa cornette plissée lui donnait l'air antique des châtelaines d'autrefois.

Elle était un peu pâle. Dans ses grands yeux d'un gris changeant, très expressifs, se lisait une certaine inquiétude, et sa voix trembla légèrement quand, après avoir prié M. Leverby de s'asseoir, elle lui demanda :

— Vous venez vous informer de Mlle Brunnel ? m'a dit notre Sœur tourière.

— Oui, Madame.

— La pauvre enfant ! la pauvre enfant ! fit en joignant les mains sur la croix de son rosaire la religieuse, elle est bien malade !

— Qu'a-t-elle donc ? s'exclama M. Leverby, qu'une pensée terrible traversa tout à coup.

— Je ne sais, le médecin vient d'arriver, il est auprès d'elle en ce moment.

— Oh ! mais, ce serait horrible, cela ! horrible ! horrible ! murmura M. Leverby, se prenant la tête à deux mains. Oh ! si c'était cela !

Et les coudes sur ses genoux, les doigts crispés dans ses cheveux, oubliant la religieuse qui le considérait avec stupeur, il resta plongé dans une sorte d'accablement.

— Mais, Monsieur, dit-elle doucement après un long silence, mais, Monsieur, que redouteriez-vous donc ?

— Comment ! vous ne savez pas ? Elle ne vous a donc pas dit ? fit M. Leverby se redressant brusquement et dévisageant la supérieure.

Celle-ci avait pâli davantage ; ses lèvres tremblaient comme sous le murmure d'une prière, et, les mains emmanchonnées dans les larges parements de sa robe de bure, elle demanda machinalement, ne sachant que dire, prise, malgré elle, par l'émoi du visiteur :

— Que nous aurait-elle donc dit ?

— Mais qu'elle a sauvé mon fils de la diphtérie ! Que, les lèvres sur les lèvres de mon enfant, elle a bu la mort qui l'étreignait déjà !..... Oh ! je comprends sa fuite, maintenant. Malheur !..... Malheur ! fit-il sourdement.

Puis il se fut accablé, des larmes dans les yeux.

— Mais, Monsieur, dit enfin la supérieure, après une légère hésitation, elle n'a fait que son devoir, cela ne me surprend nullement de sa part.

Elle souriait, la pauvre Sœur, et ce sourire faisait un contraste navrant avec deux grosses larmes qui, après avoir rayé ses joues pâles, brillaient, semblables à deux diamants, sur sa guimpe plissée.

— Ne me dites pas que c'était son devoir. Ah ! si vous aviez vu, fit M. Leverby, revivant la scène inoubliable dont il avait été témoin, non, rien au monde ne peut imposer une chose pareille, c'est au-dessus des forces humaines.

Et comme la religieuse hochait lentement la tête avec l'expression de ce doux scepticisme qui, au rebours de l'autre, trouve sa raison dans la foi :

— Ne puis-je la voir, ne fût-ce qu'un instant, Madame ? implora M. Leverby.

Un nuage traversa le regard de la religieuse; elle eut comme un mouvement de recul, et avec une certaine énergie où tremblait, eût-on dit, comme une sorte d'effroi :

— Oh ! non, Monsieur, cela, non, nous ne pouvons vous l'accorder, c'est impossible, cela ne se fait jamais ici. Plus tard, peut-être, quand elle ira mieux, mais pas en ce moment.

Elle parlait d'une voix très douce, un peu tremblante, et cette douceur parut soudain effrayante à M. Leverby, en raison de l'autorité qui la nuançait.

Quels droits pouvait donc avoir sur Mlle Brunnel cette bonne religieuse qui, en fin de compte, n'avait raisonnablement juridiction que sur ce qui concernait directement son petit couvent ? Comment se permettait-elle d'intervenir ainsi dans des choses qui regardaient personnellement l'institutrice de son fils ?

Intrigué outre mesure, ne comprenant absolument rien à ces procédés tout nouveaux pour lui, M. Leverby allait protester, quand un pas pressé retentit dans le corridor.

— Voici le docteur, fit la religieuse, vous pouvez le voir si vous désirez.....

D'un bond, M. Leverby fut à la porte de la rue que le médecin tirait à lui en s'en allant.

— Eh bien ! docteur ? demanda-t-il avec anxiété.

Le docteur, croyant avoir affaire à un parent de la malade :

— Pas une minute à perdre, fit-il sans s'arrêter, je cours chercher du sérum. Pourvu qu'il ne soit pas trop tard !

Et il tourna l'angle du chemin de traverse.

M. Leverby, planté sur le seuil de la petite maison blanche, resta là ahuri, éprouvant une impression intense d'isolement et d'abandon.

Il chancelait quand il rentra dans le parloir pour prendre son chapeau, et, sans oser renouveler sa demande de voir Mlle Brunnel, pénétré par cet air de mystère dont il se sentait environné :

— Au moins, dites-lui, Madame, que je suis venu, balbutia-t-il embarrassé en s'inclinant devant la supérieure, et je vous prie instamment de m'envoyer de ses nouvelles !.....

Et morne, abattu, il quitta le petit couvent.

XL

M. Leverby retraversa Sainte-Marie, et reprit le raccourci.

Sous le soleil qui, maintenant, frappait d'aplomb, il retrouvait une à une, pour ainsi dire à chaque pas, les pensées qu'il avait, le matin, semées dans la rosée du chemin.

Il eût éprouvé une jouissance à leur dire, comme à des confidentes, que ce n'était pas cela, qu'il s'était trompé, mais une autre pensée l'angoissait, et il était très triste quand, dans le courant de l'après-midi, il rentra chez lui.

. . . .

Quelques jours s'écoulèrent.

Pendant ces quelques jours, la vie fut presque impossible à M. Leverby.

Obsédé par les pronostics optimistes de Clémence, qui lui racontait des guérisons inattendues de cas impossibles, horripilé par les questions incessantes d'André qui, avec une cruelle inconscience, confondait « Bonne Amie » avec « tite mère », M. Leverby avait pris sa maison en grippe.

Chaumet était son seul recours, et le bon docteur, qui, à un moment donné, n'avait joué à l'homme épris que dans le seul but de pousser son ami à se déclarer, le consolait de son mieux.

— Bast ! cela ira bien, ne te mets pas martel en tête, et sitôt la convalescence j'irai faire ta demande ; mon titre de « vieux tonton » fait de moi une sorte de papa.

— Guérira-t-elle, crois-tu ?

— Mais oui, mais oui, qu'elle guérira.

En fait, le bon Chaumet avait foi dans la belle santé de Mlle Brunnel.

Enfin, un soir, M. Leverby reçut un mot de la Supérieure lui disant que la crise que le médecin redoutait avait été conjurée, et que l'état de la malade, tout en nécessitant encore de grands ménagements, était aussi satisfaisant que possible.

Délivré d'un grand souci, M. Leverby se reprenait à vivre et à espérer dans l'avenir.

Puis, jour après jour, on reçut à Chavette-Saint-Brice un petit bulletin médical, rédigé en hâte par la bonne chère Mère.

« La malade s'était levée une heure ou deux..... elle avait un peu mangé..... on avait ouvert sa fenêtre..... »

Toutes choses que M. Leverby accueillait comme étant du meilleur augure, mais qui, de l'avis du Dr Chaumet, ne disaient rien de bon.

C'était lent, beaucoup trop lent, à son avis ; la nature généreuse de Mlle Brunnel eût dû réagir depuis longtemps, selon lui.

Insensiblement, les bulletins se firent moins rassurants et laissèrent entrevoir que, loin de se fortifier, la santé de la malade allait déclinant.

Interrogé par M. Leverby, Chaumet avait haussé les épaules, allongé une demi-douzaine de « bigre » où les r grondaient en torrent, mais avait réservé son jugement.

Il ne voulait pas dire à cet ami, chez qui un sentiment exclusif, capable à lui seul de remplir une vie, s'était éveillé à l'égard de Mlle Brunnel, que cet état de faiblesse morbide, qui allait s'accentuant, était précisément ce qu'il avait redouté.

Il ne voulait pas dire que le sérum appliqué à un sujet qui avait déjà été soumis à son action avait, tout en conjurant la diphtérie, empoisonné le sang, et qu'à moins d'un miracle, ce à quoi il ne croyait guère, une issue fatale était à redouter.

Il devinait, lui, ce que les lettres de la Supérieure ne disaient pas, que Mlle Brunnel, frappée de paralysie douloureuse, s'éteignait courageusement, héroïquement, sans se plaindre, avec ce calme qu'elle mettait en tout.

Pour lui, elle ne reverrait plus jamais Chavette-Saint-Brice, et le pauvre petit André resterait orphelin.

A plusieurs reprises, M. Leverby avait écrit à la Supérieure, la priant de l'avertir sitôt que Mlle Brunnel serait en état de le recevoir, mais la religieuse, prétextant la grande fatigue qui en résulterait pour la malade, et le calme absolu qui lui était prescrit, faisait comprendre que, jusqu'à nouvel ordre, il ne devait pas songer à une visite au petit couvent.

Enfin, un appel pressant arriva de Sainte-Marie au moment où on s'y attendait le moins.

Mlle Brunnel réclamait André. Et la supérieure insistait pour que l'on satisfît au plus tôt au désir de la malade.

Clémence, à qui il donna aussitôt l'ordre d'habiller André pour le train de 10 heures qui correspondait avec le passage du premier courrier, s'exclama, heureuse :

— Ben! que j'l'avons dit qu'ça irait mieux! Oh! pour sûr qu'elle est échappée, allez! Et si elle demande le petit, c'est que ça va presque tout à fait! Oui, là! Et que vous n'allez pas la laisser là, j'espère? Elle sera ben mieux ici, j'en réponds. Que je serai heureuse de la revoir, tout de même!

Et, tout en brossant les cheveux d'André, elle lui recommandait :

— Vous serez ben poli avec les *Ma Sœur*, faut pas que Mademoiselle dise que la Clémence n'a pas continué à vous ben *éduquer*, et que vous êtes retourné à la sauvage; non, faut pas.

— Qu'est-ce que c'est que ça, les Ma Sœurs ?

— Ben, là, c'est des dames, pardi, qui ne sont pas tout à fait habillées comme les autres, mais c'est des dames, quoi! et si elles vous demandent de réciter *le Petit enfant qui va t'à l'école*, faut ben le dire, là, que Mademoiselle voie bien que j'vous l'a fait réciter quasi tous les soirs.

— Et elle sera contente de me voir?..... dis?.....

— Dame!..... Voyez donc pas que c'est vous qu'elle demande? Et n'allez pas pleurer, surtout, quand vous la verrez! V'là, j'vas vous mettre le beau col de guipure qu'elle vous a fait, ça va la rendre toute contente.

Et un col de fine guipure sur un costume marin, ce qui faisait le plus désastreux effet, il partit avec son père, sans se douter que cette gaucherie naïve dans son accoutrement trahissait l'orphelin, le petit abandonné.

On attendait André avec une certaine anxiété à Sainte-Marie, car la chère Mère, sitôt prévenue, entra dans le petit parloir où M. Leverby avait été introduit avec son fils.

— Oh! Monsieur, que c'est bien à vous d'être venu avec l'enfant, dit-elle en prenant à deux mains avec un geste de caresse la tête d'André, elle craignait tant de ne pas le revoir !

M. Leverby avait sursauté, et, la voix suffoquée :

— Vous ne voudriez pas dire, je suppose.....

La religieuse hocha la tête, ses paupières battirent sur ses yeux pleins de larmes, et après un silence :

— Viens, mon chéri, viens la voir, elle t'a tant demandé !

Et sans que M. Leverby, frappé de stupeur, pût articuler une parole ou faire un mouvement, elle emmena André.

Alors, affaissé sur une chaise du pauvre petit parloir, M. Leverby, les dents serrées comme en un spasme, le cœur battant à se rompre, le front couvert d'une sueur glacée, vécut quelques minutes d'agonie, pour ainsi dire, et la chère Mère qui rentra le trouva prostré dans une désolation indicible.

Il se redressa cependant, secoua cette torpeur qui l'envahissait, et une prière dans le regard :

— Ne pourrais-je donc la voir, Madame?

Il y avait une telle supplication dans cette simple phrase ; elle trahissait une telle désespérance, que la chère Mère, mue par un sentiment de profonde compassion, se leva :

— Si vous voulez me suivre, dit-elle, elle est en ce moment au jardin avec l'enfant.

« Au jardin » ? M. Leverby éprouva une sorte de soulagement. Ceux qui vont mourir ne sont pas au jardin, d'habitude.

Et il suivit la religieuse.

Ils traversèrent une petite cour dallée, franchirent une petite porte simplement fermée au loquet et pénétrèrent dans le jardin, un vaste jardin aux allées bordées de buis, piqué çà et là de vieux pommiers tordus et de quelques poiriers en quenouille.

Le regard de M. Leverby en fit le tour, cherchant Mlle Brunnel, mais il ne la vit point.

La chère Mère avançait toujours, cependant, dans la grande allée du milieu.

A un moment donné, elle fit un signe, montrant la pelouse du fond.

M. Leverby aperçut, en effet, son fils accoudé sur le bras d'un grand fauteuil d'osier et causant familièrement avec une religieuse.

— Tiens ? fit-il, non sans quelque surprise, que fait André ? Il n'est donc pas avec Mlle Brunnel ?

La Supérieure se retourna, regarda M. Leverby avec un profond étonnement :

— Mais si, Monsieur, fit-elle, un peu interdite.

Puis, après un moment :

— Ah ! c'est vrai, vous ne saviez pas, peut-être, on ne vous aura pas dit.....

Ils approchaient.

Alors, du fond d'une cornette plissée qui entourait un visage très pâle au profil de camée, M. Leverby se vit regardé par de beaux yeux bruns pailletés d'or, des yeux très profonds et très doux où flottait quelque chose d'idéal, de divin, quelque chose de l'infini !.....

Et il comprit.

Il comprit le lien, l'obstacle, le mystère dont lui avait parlé Mme Peyras. Il comprit aussi le dévouement, l'abnégation de cette sainte qui, épouse de celui qui a donné sa vie pour les hommes, avait généreusement sacrifié la sienne pour arracher à la mort un petit enfant !

Il comprit cette vénération, ce respect qu'elle lui avait inspirés. Il comprit, surtout, pourquoi il n'avait osé lui parler !

Et la pensée du beau liseron blanc, qu'il avait vu piqué sur la crête du vieux mur gris de l'abbaye de Rieuse, lui revint.

Il était trop haut pour qu'il pût l'atteindre, ce liseron; ici, il était plus haut encore, si haut, que c'était du ciel que l'on allait venir pour le cueillir !

Comme l'autre, celui-ci avait bu le soleil à pleine coupe, car il en rayonnait.

Instinctivement les mains de M. Leverby se rapprochèrent, il les joignit lentement, comme pour la prière, ses genoux fléchirent, et affaissé sur le gazon :

— Ma Sœur ! dit-il dans un déchirement, ma bonne Sœur !

Et il pleura comme un enfant.

Deux jours plus tard, la cloche du petit monastère tintait lentement, et le long d'un chemin de traverse, entre deux champs déchaumés, un petit groupe avançait.

Une croix, où le soleil mettait des rayons d'or, précédait des envolées de surplis et de voiles noirs.

Sœur Louise de Jésus, portée par ses compagnes, allait dormir son long sommeil dans la terre d'exil, à côté d'inconnus, après avoir arraché à la mort un petit Français.

Le petit Français, le crêpe des orphelins lui barrant la manche, suivait avec son père.

Et lorsque, la face tournée vers le pays, Sœur Louise reposa dans l'humble cimetière de Sainte-Marie, le petit Français, s'agenouillant sur la terre fraîchement remuée, déposa en pleurant au sommet du petit tertre une couronne de roses blanches où se détachait en perles d'azur le titre de tendresse que son cœur d'enfant lui avait spontanément décerné :

« *Bonne Amie.* »

. . . .

Mme Peyras s'était bien gardée de procurer à son beau-frère la bigote qu'il redoutait.

Avait-elle fait pire ? D'aucuns le penseront, peut-être.

Mlle Brunnel n'avait jamais prêché chez M. Leverby ; jamais elle n'avait essayé d'imposer aux autres ni sa piété ni ses sentiments, jamais elle n'avait rien dit pour contrecarrer les idées de M. Leverby ; mais Sœur Louise de Jésus était morte de son dévouement.

Et M. Leverby avait enfin compris.

Il n'y aura pas de lycée à Rieuse. M. Leverby ayant formellement refusé d'y mettre son fils, cela a produit le plus désastreux effet.

La Fédération radicale-socialiste de Monty cherche un autre candidat pour les prochaines élections.

André ne demande plus ni histoires ni chansons, mais chaque soir c'est la main dans celle de son père qu'il dit sa prière.

— « Bonne Amie » est avec « tite mère », vois-tu, lui confia-t-il un soir. C'est loin, très loin, le Paradis, et l'on n'en revient jamais, car on y est trop heureux, c'est « Bonne Amie » qui me l'a dit. Mais nous irons les retrouver ! Hein, dis, petit père ?.....

Et « petit père », qui pleurait, fit de la tête un grand *oui !*

FIN

1167-12. — Imprimerie P. Feron-Vrau, 3 et 5, rue Bayard, Paris, VIIIe.

www.ingramcontent.com/pod-product-compliance
Ingram Content Group UK Ltd.
Pitfield, Milton Keynes, MK11 3LW, UK
UKHW021541260726
13993UKWH00002B/572

9 782019 932206